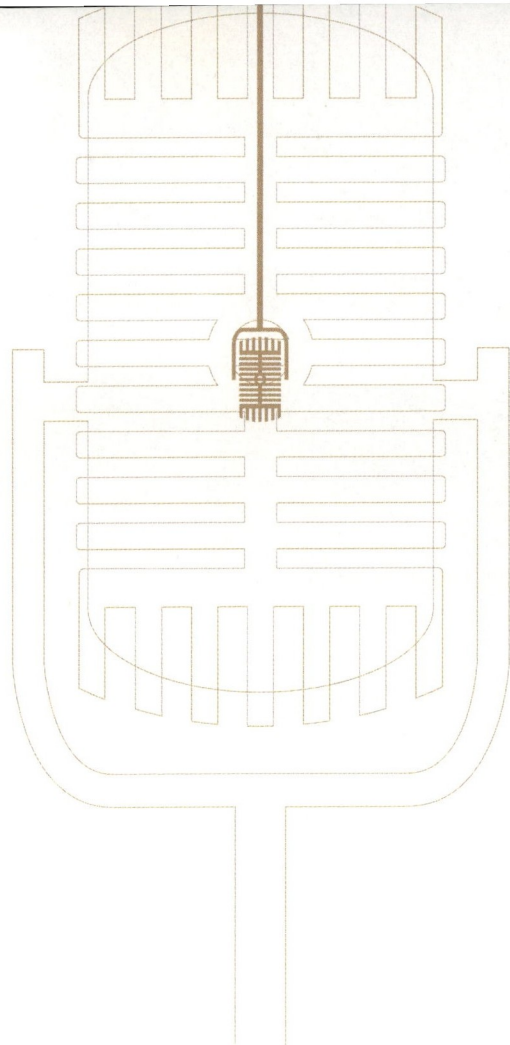

董 浩 1956年生。北京人，祖籍河北省唐山市丰润区。首都师范大学本科毕业。1977年开始从事播音、主持工作，曾任北京人民广播电台一级播音员。1990年初调入中央电视台少儿部（现青少节目中心）任主持人。第十届中国播音主持"金话筒"奖获得者。中国宋庆龄基金会理事、中国人民对外友好协会理事、中国美术家协会会员、中国书法家协会会员、中国曲艺家协会会员。曾为《阿信》《两个人的车站》《办公室的故事》《铁臂阿童木》《米老鼠和唐老鸭》《机器猫》等上千部中外影片、动画片配音；解说过《黄山》《走出低谷》《二战纳粹罪行录》《周恩来》等多部大型系列专题片；数次主持现场直播的"六一"晚会、"三优"晚会等。作为《天地之间》《乐百氏智慧迷宫》《牡丹乐园》《大风车》《芝麻开门》等少儿节目的主持人，深受孩子们喜爱，被亲切地称为"董浩叔叔"；同时，主持的《天天饮食》《爱尚健康》《水墨丹青》等成人脱口秀节目，受到观众好评。

为中央人民广播电台录制广播剧，左三为著名演员吕中

为译制片《奇婚记》男主角配音时合影留念，右二为劳力，右四为张涵予

和孩子们在一起，是最令人开心的事情

在中央电视台"七一"晚会上，朗诵郭小川的诗作《团泊洼的秋天》

少儿节目主持人要多才多艺，图为在中央电视台"六一"晚会上演唱《早操歌》

主持人在台上要敢于展现自我，图为在中央电视台《非常6+1》中表演京剧花旦的身段

作者手绘插图

作者手稿

不吐不快

董 浩◎著

——守望"金话筒"的心语心得

人民教育出版社
·北京·

图书在版编目（CIP）数据

董浩：不吐不快——守望"金话筒"的心语心得 / 董浩

著 . —北京：人民教育出版社，2014.7

ISBN 978-7-107-21857-6

Ⅰ.①董…　Ⅱ.①董…　Ⅲ.①随笔 – 作品集 – 中国 –

当代　Ⅳ.①I267.1

中国版本图书馆 CIP 数据核字（2014）第 165750 号

董浩：不吐不快

董浩　著

人民教育出版社 出版发行

北京汇林印务有限公司印装

全国新华书店经销

2014 年 7 月第 1 版　2014 年 7 月第 1 次印刷

开本：787 毫米 × 1 092 毫米　1/16

印张：14.5　字数：205 千字

定价：39.80 元

高　峰

中央电视台副台长

中国电视艺术委员会副主任、秘书长

把另外一个人的文字放在自己所著书的最前面，这是著书之人对那人的抬举和尊敬。每当我乐意为人家的辛苦文字写点东西的时候，先要凝神呼吸，把著书的这人从心底唤出。有时候，这人来得很慢，还未成形就消散了。现在我为董浩写这段文字时，他来得极快，模样鲜活，声音脆亮，同时挟带着广泛的宽爱和憨实，这是董浩叔叔才特有的气质。董浩的这一气质和体态确实是他精心打造的结果，他为看电视的孩子们长期奉献了这一气质和体态，以及大慈童般的品行。

董浩对于电视观众来说，是先闻其声，后识其人。二十多年前长篇小说《今夜有暴风雪》《荆棘鸟》的播讲，大型系列纪录片《黄山》《走出低谷》《周恩来》的精彩解说，译制片《阿信》《办公室的故事》《两个人的车站》男主角的配音，都早已深入人心。"米老鼠"的声音形象为他赢得了孩子们和大人们的喜爱，随之而来的少儿电视节目主持人的整体形象又使他赢得了大人们和孩子们的认同。与其说他很天真，不如说他很老到；与其说他很审慎，不如说他很浪漫。因为董浩拥有一个成长中的世界，并且这个世界会永远成长，所以他也就以忘年的父辈形象，生活在这个成长的世界里，无所谓年少与年老。

何谓形象？近观不在乎形貌，远看不在乎形体，在电视节目里也不在乎形式，但形象又确实是形貌与形体的统一体现。中国自古有一种概念叫"形神"，它本是中国哲学中的一对范畴，指外在与内在的关系，达到这二者的统一，也就走进了"形神兼备"这一电视节目主持人的最高境界。

电视里的栏目一个接着一个，每个栏目里都站着一个、两个或更多的主持人。目前全国的电视节目主持人有多少？很难统计，至少中央电视台（简称"央视"）就有几百名。我们究竟熟识几人？可是，我们认识董浩。大多数电视节目主持人之所以没有获得成功，也多因没有找到一个适合的定位或一种适合该定位的气质。何其有幸，董浩找到了。

科技的发展和经济的发展使主持人愈加被观众所熟悉，也愈加为观众所尊敬。正因如此，主持人既要尊敬自己，更要尊敬观众，不可盛气凌人，使人无法接近。一名好的节目主持人是备受尊敬的，其知名度至少与电视播出范围内的最高领导人相平。董浩叔叔就是孩子们心目中的那位"最高领导人"。

在孩子面前，照样要讲究平等交流。人与人之间的尊敬是有度有量的，大凡对普通人不敬的，多对权力盛于他的人敬得过度过量。所以，他的眼光不是俯视就是仰视，永远无法平视。董浩叔叔与孩子的目光是平行的、对接的，他视孩子为朋友。

电视节目主持人有各种各样的类型，例如娱乐型，又如理念型，还有动作型。是不是可以这么说，主持人类型的丰富，标志着电视荧屏的丰富。但这丰富并不意味着人多，越多越觉得刻板单调。电视节目的主持人多而类型少，尤其表现在文艺节目和少儿节目里。只要是文艺节目，大多是一个青年女子，丰姿绰约，说一些已被自己和观众记得烂熟的话。再换一个频道，另一个主持人出现了，长相与刚才的那位差不多，话说得也差不多。如果哪一天再陪孩子看一回少儿节目，电视里出现的大多是"姐姐"型的主持人。"姐姐"们也大多长得一样，说得一样，做得一样。我们把孩子看得太浅，说明我们大人不深。要丰富电视节目，就要树立多种类型的主持人。

作为少儿电视节目主持人，董浩是难得的。现在，他把自己三十多年从事播音主持工作的经历、经验和感悟升华成文字，拿给世人来阅读。如果是在校生看了，会懂得如何走上职场；如果是从业者看了，会懂得中国播音主持界的希望在哪里。

董浩叔叔是位不能够长大却又早已成熟的大慈童。

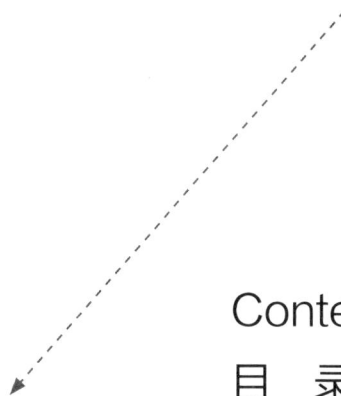

Contents
目　录

上编　**锦囊妙计**

妙计一
肩负使命感 / 12

少儿电视行业从业人员，特别是主持人，必须了解中国少儿电视节目艰苦卓绝的发展史，更清醒地认识到自身所肩负的重大而深远的历史使命。我们应秉持"守土有责"的理念和觉悟，以民族的本土文化为地基，盖好中国少儿电视节目这座高楼大厦。

妙计二
坚守职业道德 / 19

作为全国广播电视一线播龄最长的男主持人，我能在这个岗位上取得一些成绩，就在于懂得怎么"耗"：无论是心理还是业务上，永远时刻准备着，莫急、莫贪、莫攀比、莫钻营、莫灰心，要刻苦、要坚守、要舍弃、要平和，以应有的职业操守，交出观众满意的答卷。

告和拿来便能用的技术；如果你是我的同行，那咱们有缘，书中不光有一名坚守播音艺术的老兵的绝活和经验，更有一位兄长的人生思索。

总之，请你选择，而选择是自由的。就在我们聊天谈心的当口儿，我的同事，白燕升、王凯、马斌、马东、李咏、崔永元已转战到新的战场。我向他们致敬！因为我的人生路上也有很多次的选择和转场，超越自己再获重生是需要自由的。但是，必须要有过硬的业务能力，有看家本领，还要有坚定的人生追求。要知道，"人间正道是沧桑"。

以上均为心声，是为自序。

董浩

2014年6月

用了整整一年的时间，终于交稿了！掩卷凝思，眼前复现的还是那些在我成长道路上指点过我而又远去了的大师们的身影：有齐越老师慈父般的微笑，还有孙敬修老师那充盈的大鼻子；有夏青老师机智深邃的眼神，还有张颂大哥用那柔软、温暖的手紧握我手的动情嘱托……我，做到了！今天，我终于一字一句地把你们曾经传授给我的经验、体会、心语写出来了。读它的人很多固然重要，但更重要的是完成了我的一大心愿！

这本书有技术含量，但更多的是我的一些心语心得，为的就是让年轻的同行们知道，做好主持人必须先要做好人很重要。在本书的后半部分，我回忆了自己的成长道路。我写得很真，没有拔高。这是为了让读者知道，我们这一行的确离名利很近。能够坚守信念固然好，但人生的选择是自由的，没有谁能完全左右他人的意志。每个人都不是先天的圣人，都要逐渐地修为、度过。成长，是我们一生的修行。

没有太多的之乎者也，但直面大是大非；不求高大全的风貌，但有工作随时相伴的奉献和拼搏。如果你是想了解播音员、主持人的生活和工作，读读这本书，你能剥除我们身上的些许神秘，多些理解；如果你是想进入这个行当，那一定要读读这本书，它真的藏有入门钥匙，还有忠

　　播音主持是一门接传统、接地气的独特而深奥的语言艺术,学习和掌握它不是一件易事,要以主持人自身修养的不断提升和播音主持专业的创新发展为基础。只有做到心中有理想、有责任、有观众、有观点,才能在主持人行业站稳脚跟。

　　播音员、主持人的看家本事,也就是其所掌握的最高精尖的常用功夫。功夫的习得,靠的是基础性练习。基本功扎实不扎实,直接影响播音主持艺术能否充分发挥。此中所述,是我在三十多年从业经验里提炼出的"万金油"。

　　学会适当地表达情感,是彰显播音主持艺术的重要途径。顺其自然地以情带声、声情并茂,是播音主持行业从业人员需要一生追求和研习的语言表达艺术的最高境界。不过,这不仅仅是一个技术性问题,也不是"天上掉馅饼"的事情,这里面有绝招。

妙计六
学会说话和与嘉宾互动 / 45

不会生动地说话，或者有严重的"播音腔"，是播音主持界长期存在的问题。这个问题在主持人与嘉宾的互动中，尤为常见。解决这类问题的关键就在于：摆正自己的位置，掌控节目的主题，保持交流的冲动，提升问题的新鲜度。

妙计七
他山之石，可以攻玉 / 55

诗歌朗诵与播音主持是两种不同的艺术创作过程，有截然不同的创作规律。但我在多年的诗歌朗诵实践中找到了播音主持时可以借鉴的法宝，是提升技艺的"强效药"。播音主持行业从业人员练习诗歌朗诵，对诗歌进行再度创作，可以学会气息共鸣、声情并茂地播讲。

妙计八
做有阳刚之气的快乐使者 / 67

男性主持人切忌将主持少儿电视节目当作权宜之计，当作向更"火"节目进军的跳板。要知道，我们的一举一动都肩负着培养祖国未来栋梁的历史使命。为此，我们应用全身心的努力，赋予祖国的小主人公们更多男性的阳刚与自信，做给民族带来希望的快乐使者。

播讲故事是一种寓教于乐的、孩子们喜闻乐见的艺术形式，它是少儿节目的重要组成部分。主持人要想在节目中绘声绘色地播讲故事，使观众、听众融入其中，甚至流连忘返，做好语言技巧的积累和开播前的准备工作，至关重要。

播音主持行业从业人员是吃"开口饭"的，嗓子就是其饭碗。要想把这个饭碗端稳、端牢，播音员和主持人应以最佳的声音状态投入播讲创作，并通过科学地使用和保护声带，使自己适应较为忙碌的工作，永葆个人声色、声音的完美，延续播音主持事业的春天。

大多数让人喜爱和记住的主持人，都是从小节目开始，一步一步脚踏实地做起来的。这其中，有泪水，更多的是汗水；有等待，更多的是拼搏。不放弃小节目，不放弃小机会，不放弃自己的风格，认认真真对待每个可能实现梦想的十字路口，是这些成名主持人的必由之路。

播音主持是门艺术

　　光阴似箭，日月如梭。自从1977年加入播音主持行业，我已在第一线工作了38年。真可谓：38年，弹指一挥间！这38年，是我人生中最宝贵的时光，我从一个21岁的小伙儿，变成了知天命的年近六旬之人；同时，我也见证了"文化大革命"后中国广播电视事业从疗伤到创新的不断艰苦摸索的变革之路。其中，有辛苦，有收获，有彷徨，也有幸福。今天，铺开稿纸，真有不吐不快之感。只愿这些许文字，能给后来人一些印象、一些思索、一些参考。愿我国广播电视播音员、主持人队伍的发展，像长江后浪推前浪一样，一浪更比一浪高，一浪更比一浪强。我坚信，我们的事业会越来越有活力，越来越科学合理地发展。也愿这本书能在业界深入研讨播音主持艺术的发展规律时，给大家带来一点儿源与流的借鉴。吾心所愿，只此而已。

　　我刚入行时在北京人民广播电台任播音员。那时，全国上下各个行业，包括播音战线，百废待兴。从物质角度来说，播音员的待遇和工厂的工人一样，每月收入是工资加上早班、晚班的加班费；而从精神享受上说，我们非常富足。特别是我这个新兵，能天天见到夏青、葛兰、方明、铁城这些"名嘴"泰斗，想着今后的目标就是像他们一样从艺做人，应该说，那时精神上活得比现在带劲儿！为此，我下班后不回家，苦练基本功，登门求教。齐越老师被我的执着感动，收我为弟子。那时候，我以追求事业为第一重任，甘愿晚恋晚婚。每周，我们这些小字辈都会和中央人民广播电台的著名前辈们座谈，台里甚至请来周正、冯明义等话剧界名师给我们讲朗诵、讲斯坦尼斯拉夫斯基体系[1]；每周，我们还要观摩一场北京人民艺术剧院或中国青年艺术剧院[2]或中央实验话剧院的名剧，第二天还要谈体会；此外，我们还要跟随农村部的记者到条件较为艰苦的乡下去采访，住在山区老乡家里；还会统一跟曲艺说唱大师们学习如何字正腔圆地发音，学唱"王国福，家住在大——白——楼，身居长工屋，放——眼——全——球——"[3]；等等。我记得，革命小青年韩乔生为了掌握更丰富的足球比赛术语，整天随身带着个记得密密麻麻的小本子，翻得边儿都破了；为了解决"射门"中"射"字的发音和气息调整问题，他愣是对着小院的角落喊了半年。当时真是人人争上游，人人不喊苦，人人拳不离手、曲不离口。一分钱外快都没有，但每天一起床，打心眼儿里乐。那是一段催人向上、只争朝

---

① 斯坦尼斯拉夫斯基体系是苏联戏剧家斯坦尼斯拉夫斯基根据自己一生从事戏剧创作的经验，系统总结的体验派戏剧理论，是世界三大表演体系之一，对各国戏剧影视舞台表演产生了深远影响。该理论体系由一整套戏剧教学和表演体系组成，强调现实主义原则，主张演员要沉浸在角色的情感之中；同时，它第一次解决了在创作中如何有意识地把握、控制潜意识的问题，研究了演员有机地体现形象的方法。

② 2001年12月25日，中国青年艺术剧院和中央实验话剧院合并组建为中国国家话剧院。

③ 这是单弦《铁打的骨头 举红旗的人》中的一段唱词。

夕的火热时光，真值得我们一辈子珍藏！现在想一想，当时为什么有那么大的劲头，一是想把在"文化大革命"中失去的十年时光追回来；另外，也是齐越、夏青等老前辈们以身作则，为我们树立了榜样。齐越先生住着不足50平方米的老房子，却坐拥半床书；夏青先生能流利地倒背《康熙字典》，随时解答我们提出的字音问题；葛兰老师一辈子布衣素颜、待人平和；铁城先生对年轻人毫无保留地言传身教。和这样的大师为伍的机会，不是用金钱能买到的。掐指算来，他们当时也就50多岁，而我今年已58岁了。汗颜，汗颜！只有用这段激情文字激励后生了。再看看现在播音员、主持人的待遇，钱包鼓鼓的，名利多多的，但我们好像反倒没有了那时的劲头和快乐，甚至不知道人生的目标在哪里。为什么会这样呢？这的确是一个值得好好思考的问题。

现在，年轻的播音主持同行们经常向我提出这样的问题：播音主持是不是一门艺术？如果是，它的创作规律是什么？今后应当如何继承并发扬老一辈的经验和传统？每当此时，我心里都会一阵高兴，很乐意为这样有追求的年轻人们作答，仿佛在他们身上看到了我年轻时的影子。

首先，我要明确地回答第一个问题：播音主持绝对是一门独特的艺术。在此要让大家了解一点儿背景，我国的播音艺术诞生于烽火连天的战争年代，诞生于延安窑洞。因此，它从最初就带有鲜明的态度、状态和使命。当时，我们的播音员是在借鉴苏联播音艺术的基础上，在实践中学习，逐渐形成了字正腔圆、大气质朴、爱憎分明的播音艺术风格。这与当时敌占区矫揉造作的靡靡之音形成了鲜明对比，是引领全国人民前进的时代号角，带有那个英雄年代深刻的烙印。

新中国成立后，广播成为政府联系民众的桥梁和心之纽带，所以我国的播音艺术风格在大气磅礴的基础上又加入了为人民服务、答疑解惑的色彩。于是，我们的老广电人在积极工作之余，在党中央的亲切关怀下，紧锣密鼓地加快了播音艺术的理论研究工作，并建立了北京广播学院（现中国传媒大学）播音系。当时，播音系的老师都是齐越先生"钦点"的，是从全国播音一线抽调上来的骨干。截至20世纪60年代中期，我国已初步建立了广播、电视播音理论体系的雏形，包括继承革命传统而形成的播音员的政治素养，政治觉悟外的一系列纯技术和艺术上的要素，以及新闻、通讯、社论、专题、转播、对话等不同播音类型的表达手法等。尤其在播音员的吐字发声、气息控制、语气起承和停连、创作感情线的把控，乃至坐姿、与话筒的距离、备稿、气息气口的设定等一整套播音艺术的必备实践要素方面，形成了自己独特的理论。此外，也借鉴了兄弟语言艺术（如戏曲、戏剧和电影等）培训中的语气、语音的练习方法。1966年，齐越先生录播了长篇通讯《县委书记的好榜样——焦裕禄》。他通过自己以情带声、声情并茂的独特播音风格，坚定豪迈地向世人展现了焦裕禄这一伟大形象，感动了全中国人民，从中央领导到老百姓都为他的播讲大声叫好。

当然，众所周知，新中国成立后的历次政治运动都会影响我国播音艺术风格的形成和发展。在"文化大革命"中，就逐渐演变出了"高、平、空"的播音风格，很多声音条件较好的播音员因此喊废了嗓子，这也是令人痛心的。我刚参加工作时，目睹了同行们痛定思痛，为加紧实践和总结新时期较为科学和实事求是的播音艺术所做的努力。也是在那时，我认识了张颂老师。张颂老师原来的播音名叫"李昌"，由于工作需要，1963年他已从中央人民广播电台调到北京广播学院参加创建播音系的工作。我认识他时，他已担任播音基础教研室主任。我们一见如故，成为好友。当时，张颂老师一下班就到我所在的北京人民广播电台，我们一起利用闲置的机房，播录各种散文、通讯、新闻、社论，他再仔细记下心得。有时，我俩为了验证一个观点，会反复录音，甚至辩论到深夜，再骑着除了铃儿不响哪儿都响的破自行车，饿着肚子各回各家。后来，张颂老师花五年多的时间写出了《朗读学》，并着手系统编辑、整理了北京广播学院的专业教材。直到今天，这套教材在全国还享有很高的声誉。张颂老师是我国播音主持理论的奠基者，我见证了这位中国播音教育重要创始人最初实践创作的全过程。前几年，我在北京首都国际机场偶遇张颂老师，他拉着我的手说："董浩，你要写东西！不然，愧对人生啊！"如今，斯人已作古，我今动笔，也是对老大哥的一种告慰吧。

艺术当追随时代特色，播音艺术更是如此。就连"主持人"这一职业的提出和确立，也有不少故事。中国播音艺术在战火中诞生，在变革中成长，它是如何从电线杆上的高音大喇叭里走到大众身边的呢？为了便于了解，我从1977年后亲历或目睹的事件中摘选要点，与大家分享。

1979年，广播电视行业同祖国其他行业一样，逐步开始复苏。在齐越先生和夏青、张颂等老师的带领下，全国奋战在播音一线的工作者代表和北京广播学院播音系的部分教师召开了"全国播音基础教材研讨会"，决定每年举办一次研讨会并进行评奖。

同年5月，随着电视机在全国逐渐普及，北京电视台在租来的一个简陋小楼里成立了。女主播丛薇进行半年业务学习时，我是指导教师之一。后来，丛薇和吉天旭在由厕所改造而成的不足10平方米的小演播室里，播出了北京电视台的第一个呼号和新闻节目。

也是在1979年，大概下半年时，播音界泰斗齐越先生在北京人民广播电台录制彭德怀元帅的警卫员景希珍口述的长篇回忆录《在彭总身边》，随后在全国播出；我有幸参与并见证了录音的全过程。同年，我播讲了彭德怀元帅的亲侄女彭梅魁撰写的《在伯伯身边》。

1980年，北京人民广播电台著名记者于卓带领我采访报道北京市丰台区花灯会实况。于大姐让我脱稿报道，这在当时是不允许的，但我们还是大胆尝试了一把。映衬着花灯会的礼炮和锣鼓声，我边想边说，圆满地完成了任务。事后，这个节目还获了奖。当时有人说这已经不是单纯的播音员了，应该叫"主持人"。这可谓是"主持人"职业在我国的第一次露面。此后不久，在北京人民广播电台社教中心主任刘珉的支持下，我和读书类节目的编辑共同主持每周六播出的《周末读书会》，直接回答事先录下来的听众电话提问，并在节目中正式使用"主持人"称谓。

同年，中央人民广播电台恢复播出《阅读和欣赏》栏目，夏青老师朗诵唐宋诗词，受到好评；该台随后又推出了《文学之窗》栏目，夏青、林茹、方明、铁城老师和我，一起朗诵了许多外国和我国的优秀作品，我主要朗诵了裴多菲、弥尔顿等大家的作品，尤其是普希金的长篇诗体小说《叶甫盖尼·奥涅金》，大受欢迎。

1981年，我受邀与陈铎、姜昆、曹灿共同为中央人民广播电台的《小喇叭》栏目讲故事。

1982年，我与美国公共电视台（PBS）合作《芝麻街》特辑《大鸟在中国》，该作品后来获得美国"艾美奖"最佳儿童节目奖。

1983年春节，黄一鹤、邓在军在中央电视台春节联欢晚会中起用王景愚、刘晓庆、马季、姜昆作为主持人。同年，中央电视台专题部与日本放送协会（NHK）合作拍摄了大型纪录片《话说长江》，由陈铎、虹云主持，这应该算是我国电视节目类主持人最早的亮相。

此时，我作为播音员录制了梁晓声的《今夜有暴风雪》，后在中央人民广播电台《长篇连续广播》栏目中播出。此后，我还陆续播讲过《新绿》《励精图治》《无极之路》《国殇》《荆棘鸟》等中外著名长篇小说和报告文学。

1985年前后，北京电视台推出《家庭百秒十问知识竞赛》，演员王姬和金鑫合作主持，开我国大陆电视专栏综艺节目主持人之先河。节目播出后，轰动一时。

1985—1995年，我为中央电视台解说了反映我国汽车工业发展的大型系列纪录片《走出低谷》，以及《二战纳粹罪行录》《黄山》《天安门》《周恩来》等多部纪录片。

1986年，北京电视台引进了40集的《人和大地——西班牙野生动物》，我参与其中20集的旁白配音工作。

1990年4月，中央电视台开办《正大综艺》栏目，姜昆、杨澜成为真正与国际接轨的主持人，令观众耳目一新。

1991年，成方圆主持《综艺大观》，她是中央电视台节目由歌唱演员跨界主持的第一人。

同年，我参与策划了中央电视台首届青年业余主持人大赛，许戈辉、张泽群、文清等因此机缘调入中央电视台。

其实，这期间还有很多重要事件，我只是把自己印象深刻、介入较多的事件记录下来而已。时至今日，时代在发展，地球村变小，资讯发达，大量记者走到台前，如毕福剑、水均益、白岩松、崔永元、阿丘等，再加上许多曲艺、影视演员跨界参与播音、主持，还有港台艺人吴宗宪、胡瓜、黄安等加盟，此外还有一些自由人，如李艾、李斌、胡可、郭德纲、周立波等，在央视和各地方电视台风生水起。如此看来，每天都有新气象、新动静，新人辈出，广播电视业播音员、主持人的队伍已今非昔比。从采、编、播合一，到制、播分离，再到公司化运作，五光十色得令人目不暇接！放眼望去，还好有《新闻联播》主播团队在坚守着大台风范。

据初步了解，全国设有播音主持专业的大专院校已有几百所，学生在校学习的艺术理论有多少能在工作中派上用场？毕业后有多少人能实现理想，在此行业中就业？在多元素、多风格、多团队、多体制的运作几成乱军混战中，年轻的中国广播电视播音新兵将何去何从？我们这些在行业中拼搏数十年的前辈们，肩负的使命是什么？我们的明天会怎样？我们的底线又在哪里？前些年还有一点儿呼声要求坚持上岗培训、考上岗证，但有何效果，又如何改进？

写到这儿，我想起一年前与朋友的一次聊天。央视重金推出了黄金档栏目《小崔说立波秀》，我作为小崔的老朋友，看了并不舒服。两个风格完全不同的人，被生拉硬拽到一起，耐着性子用完全不即兴的状态去脱口秀，结果两败俱伤。我对他们两个表示同情！但据说该节目停播时，有些领导还很惋惜。那么，到底是什么人在看这类节目？文化引领上的责任和收视广告上的收益哪个更重要？难道电视台已经变成疯狂搂钱的耙子了吗？这样的例子，举不胜举。这些问题不光拷问着主管领导，也在拷问着我们每一位从业人员！

当然，世界在发展，出现问题也不全是坏事，再说百花齐放也是对的。但是，作为38年来都在见证新时期广电行业发展的一名老兵，我想提醒大家不要忘记，我们的民族、我们的人民、我们的国家赋予我们的使命。因此，我还是坚定地认为，播音主持是一门独特的语言艺术！无论如何，我们应该在实践中有意识地总结点滴经验，去丰富并发展这门艺术。因为它也在成长，而且曾经命运多舛。当下，广电行业的重要价值难道只是为了娱乐大众、收视飘红、财源广进吗？应该有比"一切向钱看"更重要的！比如，我们可以将我们播音主持工作的实践分得再细一点儿，也可以让大家找找娱乐节目主持中的规律，也界定一下脱口秀或相亲秀节目中我们从业人员的道德底线等。对于播音主持艺术传统和前辈留下的珍贵经验，我们不能一味地摒弃，而是要用与时俱进的眼光发掘其中的精华并予以发展和丰富。只有这样，才能让想从事这个行当的年轻后生们看到，靠正路子苦练，积累知识，提高自身修养，还是能逐渐实现自己的梦想的。切记：一定要积蓄正能量，燃烧自己的小宇宙。

可能是由于我对自己所从事行业的热爱，以及对全国所有"80后""90后"那些曾经看着我主持的节目长大的孩子们的热爱，久违了的愤青式的激动，让我在这儿冒了一个小泡儿。

呵，多么可贵的一个小泡儿啊！如果我说错了什么，敬请原谅！

这是董浩在直播节目中的常态，轻松、自在

上　编　锦囊妙计

肩负使命感

中国电视少儿节目发展脉络

我有幸亲历并见证了我国电视少儿节目主持人成长的全过程；更为有幸的是，我成了荧屏上的"第一阿舅"。

记得那是1981年，我和陈铎、姜昆、曹灿被中央人民广播电台《小喇叭》栏目邀请当故事员；第二年，我又参与了和美国同行合作的儿童节目《大鸟在中国》的配音工作。1985年6月1日，中央电视台推出了鞠萍姐姐主持的《七巧板》，电视少儿节目专职主持人正式在全国小朋友们面前亮相了。

鞠萍姐姐的出现，带来了全国各地电视台的效仿，大江南北涌现出一大批"小鞠萍姐姐"，装束、发型、神态、语调都很相似。后来，当我以"董浩叔叔"的形象出现在电视中时，也有不少"小董浩叔叔"冒了出来。由此可见，电视少儿节目主持人是十分重要的。当时，鞠萍姐姐主持的《七巧板》，我主持的《天地之间》，以及稍后开播的《12演播室》，是当时3—20岁青少年儿童节目的主要内容。

1993年年初，我到日本出差，发现人家安装一个"小锅盖"（卫星电视接收器），就可以看百十个专业频道。回国后，我与共青团中央的负责人探讨，建议以团中央的名义创建国家性的服务少年儿童的专业电视台。我奋笔疾书一通宵，写出了24页的《关于建立中国少儿电视台的总体策划与可行性分析报告》，提出建立中国自己的少儿绿色成长频道，并将报告递交到团中央。1995年，央视七套——少儿·军事·农业·科技频道开播。后来，经过多方努力，2003年年底，央视少儿频道开播，力图为全国青少年打造一个崭新的认识世界的窗口，引导少年儿童健康成长，让每个孩子都有欢乐无限的生活空间。

这就是我国电视少儿节目从栏目专业化到频道专业化逐渐发展壮大的大致脉络。

电视少儿节目主持人的重要使命

时至今日，在栏目、技术、主创队伍、收视率等办好电视少儿节目的要素上，我们央视少儿频道还是较为成熟的。不过，我从自身的成长经验出发，也有一点小建议：少儿电视行业从业人员，特别是主持人，必须了解我们这个行业艰苦卓绝的发展史，更清醒地认识到自身所肩负的重大而深远的历史使命，才能做出让孩子们喜爱、受到社会赞誉的好节目。

孩子相比成人，对电视有更多的兴趣和更深的依赖。因此，如何利用电视进行适度教育，尤其是品德教育，就成了一个重要的社会议题。在我看来，孩子是祖国的未来，家庭教育、学校教育、社会教育、电视教育在孩子的成长过程中都扮演着重要的角色。所以，电视少儿节目除了向孩子们提供娱乐功能外，还应是一种寓教于乐的教育行为。关于这一点，欧美等发达国家和地区的同行早有共识。我们看国外的电视传媒业，它们的一些电视频道内容很开放，色情、八卦、惊悚无奇不有。但是，人家对少儿频道的节目则是严加看护，在内容上是严禁精神污染的。一些发达国家比我们早很多年就开办了服务少年儿童绿色成长的少儿频道，而且大多数国家的少儿频道都是非营利性的，由国家分管文化传播的部门提供专款支持。我认为，这是对的。

大家千万不要小看电视的作用。至今我还忘不了，亚洲某国借着该国电视剧境外发行的契机，肆意夸大该民族士兵如何英勇，擅自篡改历史的事件。电视这个文化市场和国际交流平台，一直就是没有硝烟的战场。特别是少儿电视领域，我们必须具备"守土有责"的理念和觉悟。这可是大是大非的问题！

中国广播电视传媒发展现状及弊端

改革开放的这短短三十多年，广播事业不断发展，电视事业从无到有。而今，看电视已成为老百姓生活中不可或缺的娱乐项目。我国广播电视业发展的规模、节目的品类、主持人的风格、设施设备的水准和节目的样式等，已经逐渐追上了欧美发达国家的脚步。中央电视台和全国各省、自治区、直辖市卫视（开路传输频道）的受众数量在全球是首屈一指的，约占全球受众总数的20%。在国外，拥有40万户以上受众的电视台就可以被称为"国际大台"，我国的受众基数是外国同行想都不敢想的。因此，国外媒体力图渗入甚至占领我国的卫视平台，就成为一种必然趋势。

从1979年北京电视台成立，到今日各省、自治区、直辖市卫视崛起，全国电视传媒已形成了群雄争霸的局面。随着广电行业制播分离、自收自支等体制的不断变革，收视率逐渐成为电视台至尊至上的奋斗目标。而广告经济收入就像一块迷人的、甜甜的大蛋糕，变成了包括央视在内的几千家电视台、电视制作公司的最爱，被分割，被蚕食。大家争抢广告收入的手段五花八门，甚至是不择手段，大有"语不惊人死不休""不吃到广告不松口"之白热化程度。所有这些，都和我党、我国人民最初交付给我们传媒界的任务是大相径庭的。再加上目前湖南电视台、上海电视台、中央电视台控股的中视传媒股份有限公司等均已上市，从本质上说其身份发生了根本性的变革，"唯利是图"已不是羞羞答答之事。放眼望去，我们的行业确实有点儿热闹！

但抚今追昔，站在历史的角度看，"乱象"中还是有不少积极因素的，我们当下的形势还是欣喜大于忧虑的。我们应该看到，现在的大环境比以前要宽松、开明多了，少了不少不可以，多了很多可能性，节目也就更好看、更有趣。虽然，现在不少电视台的节目都是照搬港台地区模式，甚至是从老外那里花大把银子拷贝来的，如《开心辞典》《幸运52》《中国好声音》《中国好舞蹈》《势不可挡》《中国星跳跃》《中国达人秀》等，甚至整个制作班底都是外国人，但还是让国人在足不出户的情况下就领略了具有世界级水平的精彩的电视节目。不过，这类娱乐节目是不是就没有任何政治色彩和价值理念呢？我想未必！记得30年前，美国迪士尼公司的首席执行官在酒会上就公然宣称："米老鼠进入红色中国是美国精神的一大胜利！"当时，我给迪士尼公司出品的《米老鼠和唐老鸭》中的米老鼠配音，就我这个参与者体会，米老鼠在举手投足间都带有美国人的那种优越感和所谓的个人英雄主义的象征。后来，此观点在我与美国同行的交谈中得到确认。因此，当年我曾就此事向中央有关领导同志写过信——我们就不能举全国之力，打造一部具有中国精神的动画片来影响我们的后代并输送到海外亮亮相吗？ 30年过去了，输出海外的中国动画片还是少之又少。我们应该警醒！

电视少儿节目应对策略

■ 盲目追求收视率之路不可行

　　随着我国改革开放的全面发展，中央电视台播放的少儿节目，从1980年的《铁臂阿童木》算起，《尼尔斯骑鹅旅行记》《鼹鼠的故事》《花仙子》《三千里寻母记》《森林大帝》《米老鼠和唐老鸭》《猫和老鼠》《巴巴爸爸》《海绵宝宝》《天线宝宝》等，百十来部几千集的引进动画片总有了吧？而我们向国外输出的动画片呢？少得可怜。可见，我们在电视文化上还不是一个输出大国。我们的作品是什么？我们的主创队伍在哪里？我国儿童受到的影响是什么？我们要如何应对？我们的自办栏目在千军万马抓收视率的今天，是前进了，还是倒退了？少儿频道只靠播动画片吸引眼球是永久的出路吗？站在国家利益的立场上，我们应定定神，研究一下。有时候，不仅要埋头苦干，更应该坐着直升机飞起来，看看我们在哪里，应向何处走去。

　　我国有13亿人，约占全世界电视受众总人数的20%，是经济全球化进程中众多媒体普遍看好的大市场。但是，被看好并不一定就是好事。我们看到，任何一个在文化价值上有自主性和传统性的国家，都利用自己的主流媒体传播、强化本国本土的主体文化，并利用一切可能消减、弱化外来文化。仅以美国为例，它在文化产业上的对外贸易额仅次于航空工业。在世界范围内，美国大片到处上映，美国文化横冲直撞。美国要求全世界以开放的姿态接受自己的文化（包括卡通片和少儿节目），而它对引进本国的文化却层层设防，包括对它的盟友国。美国引进日本卡通片时有专门的工作队伍进行重新审查、重新包装剪辑，后期配音都要有很浓重的美国口音，还要给节目搭配本国主持人，重新串联，活儿做得很细。

新中国的主体文化，应包括我国的优秀传统文化、开放的人文精神、伟大的民族精神、爱国主义、集体主义、伦理道德等诸多先进文化的底蕴和内涵。节目好看、精彩固然重要，但更重要的是要坚持我们的主体文化。特别是制作少儿节目时，更要拿出像对待自己孩子一样的态度，把好这一关。这样做，也是考虑到此时期儿童生理、心理上的特殊性。

由此看来，我们的广电行业在新形势面前遇到了新问题。收视率高不是坏事，但收视率又是一把双刃剑：是以俗而又俗、博君一笑来一味地迎合，还是坚守职责来引领民族文化的继承与发展？我呼吁我的同行们从自身做起，用我们的良知和汗水，用"守土有责"的精神坚持着，同时等待主管部门的研讨和相对滞后的声音。不得不说，这些年盲目追求收视率的问题也波及少儿节目。近几年，央视自办少儿节目经费与播出时间的减少是有目共睹的，卡通片播出时间早已超过每日播出总时长的70%，节假日时这一比例还要高。如此看来，自办节目只是点缀而已。当然，这样一来，收视率提高得很快，连续飘红。但长远看来，这种杀鸡取卵式的做法不可取！近30年来刚刚初建的为不同年龄段儿童服务，做他们的知心朋友，引领他们成长的寓教于乐的播出平台，如今何以生存？因此，中国少儿电视的真正出路，应该是远离单纯的收视率，远离功利，守住使命。玩笑不得！

前几年，四川电视台提出一个口号："电视影响生活！"在我看来，这一口号还是比较客观的。另外，我还要加一句："电视影响青少年的一生！"

随着信息时代的发展，少年儿童越来越依赖电视与互联网。因此，我们一定要抱着如履薄冰的工作态度，赚钱不要缺德！大家要有百年大计的意识，塑造未来，守住本土文化的理念。

■ 稳定的节目主创队伍是清道夫

中国少儿电视要扫清前进道路上的障碍，取得成功，必须要有一支相对稳定的本土节目主创队伍，在各界专家学者的辅佐下，根据不同年龄阶段孩子的需求进行规划研究，甚至联合开办自办节目。必要的时候，还应该联合图书出版、广播、报刊、网络、教育机构有计划、有准备、有秩序地开展"海陆空"三军参战的立体化行动，抵制外来不良文化，拥抱属于我们地球村共享的精神文化，弘扬我国的优秀传统文化。这样做，是一切为了孩子，为了孩子的一切。当然，如果在行动中，收视率上去了，广告费上升了，那也是成果，但不能以此作为唯一目标，这是原则。至今我还记得，30年前译制《米老鼠和唐老鸭》时，美国方面有专人把关，一个字都不让改的往事。

制作少儿节目，就像是对一所历史悠久的名校的维护，要有英明果断的领导，要有一支有能力的主创队伍。外来的演员、外来的专家、外来的公司可以出谋划策、出人出力，但决不可轻易让其替代自己队伍的主创人员，特别要保护好本队伍中年轻主创人员和主持人的积极性。这恐怕也是个大问题。这就像一家所谓的大电视台，一抖底子，名牌节目主持人都是郭德纲、周立波、吴宗宪这些行业中、社会上的"老大"，自己的队伍都是捧场的、摇旗的、跑龙套的、打酱油的，恐怕也是徒有虚名。这里也有个管理上的"守土有责"问题。

使命明确了，腰杆子硬了，那就甩开膀子干吧！这句话，是我常常鼓励年轻同行的话。我们应以慈爱之心，以对自己家人的态度，满腔热情地为全国的小朋友们服务。树立这一坚定信念后，你自然会注意蹲下来以平常心与孩子们交友，平等相待；也会尊重他们的个性发展，和他们玩在一起，在游戏中长智慧。自然，那种玩不到一起、装装样子、目中无人、皮笑肉不笑的主持状态，都是不可取的。少儿节目主持人在工作中一定要注重个人修养，尽量展现自己的多种才艺，还要口齿清楚、气质朴实、真诚幽默。如能做到这些，孩子们一定会接受你的。

少儿节目主持人，这是一个多么荣耀的职业啊！我们守着民族的本土文化，伴着祖国的未来共同成长，共同面对美好的明天。切记：蝇头小利不可取，民族大义不可丢！

拜托了，年轻的同行们！

02 妙计二

坚守职业道德

入职，你准备好了吗

　　年轻的朋友们看到这里，可能早已有了苦练本领、建功立业的冲动了。可是，我还得泼一点儿冷水，问问你们：准备好了吗？我说的准备，不仅指业务条件的准备，还包括心理上的准备。这也应该是我们从业人员必须想清楚的一个问题。

　　我们先来聊一聊从业前的心理准备。谈及这一点，就必须客观地了解一下主持人的职场状况。现在，主持人离名利很近，但在38年前不是这样的。那时，大家工资相差无几，夏天的街头常见到著名播音员铁城大哥穿着大裤衩儿的身影，背后可能还会闪出宋世雄和赵忠祥大哥骑着二八自行车匆匆而过，偶尔也会见到老部长拿着饭盒若有所思地从集体大食堂踱步出来。谁都不带助理，也没有保镖；谁都不戴大墨镜，也没人追逐他们照相、签名。后来，开始评高级职称了，有人没评上气病了；有人主持了春节联欢晚会，有人下岗了。我选择了逃避，舍掉评奖、评职称这点儿争斗，倒还相安无事。

　　再后来，有新人来主持大牌节目了，待遇一下子涨了数十倍。天天有新星出现，天天又有星星坠落。业务水平的高低好像没人顾及了，用几个晚上练习朗诵，不如陪领导喝顿大酒、拜个把兄弟……节目组里，不乏制片、摄像、灯光、服装、化妆、道具人员，百人千人的节目组比比皆是。你敢不搞好关系？可能你前几天还在筹划下半年如何在节目上大展宏图，明天就通知你下岗了。这中间有合理冲撞，也有恶意铲球。你敢上场踢吗？怎么踢？是选择正能量，还是随波逐流？或者干脆抑郁一下？

面对当下播音主持行业的现状，我们在守望，也一直在路上。有一家统计机构给我打来电话："您是全国广电一线播龄最长的男主持人！"我说："可能我的名字起得好，懂得怎么耗着！"放下电话，我也苦笑，我是怎么"耗"下来的？

记得2012年时，见到老友、著名作家梁晓声，我们相互感叹："那么火红的单纯年代一去不复返了！"其实，现在想来，如此"乱象"也有道理。生存嘛，热门行业就是足球场，被冲撞、遇到黑哨都属正常。否则，可以放下不玩！如果玩，就要审视一下自己的灵魂、自己的先天条件。干这行要切记：莫急、莫贪、莫攀比、莫钻营、莫灰心；要刻苦、要坚守、要舍弃、要平和。要相信正能量的力量，要坚守自己的道德底线，定好自己的人生目标，然后迈大步走自己的路。当然，与人为善、搞好团结也很重要，要合理竞争，不要有害人之心。只有这样，你才是安全的，也是可信的。

偶尔，我也有心起贪念之时。每当此时，我的眼前就会浮现出恩师齐越先生穿着大背心、拄着拐杖，手里提着个便宜的小西瓜，默默而行的背影，就会浮现出他那半床书的小小陋室。他们过着极简的生活，却追求最高的精神享受，他们才是真正幸福的一代、富足的一代！

学会做好从业准备

■ 兢兢业业是种态度

如果，你做不到舍得，心理上还没有做好功课，可以等等再入这行；如果，你做好了从业的心理准备，在工作中就要兢兢业业、如履薄冰。

至今我还记得教我朗诵的恩师——北京人民艺术剧院著名演员董行佶先生在1978年录制《骆驼祥子》时的情景。那时正值酷暑，机房里没有风扇、没有空调，老人家虽然只穿了大背心、大短裤，还是汗如雨下。董老师播讲完一段后，大家都非常满意，恨不得鼓掌。却见他低头不语，认认真真地从头到尾听了一遍录音。30分钟，机房里静得连根针掉地上的声音都能听见。听完，董老师只轻轻地说了一句："重来！"我惊讶地看着老师，为什么？董老师跟我说："在艺术上一定不要苟且！你成功一千次是你应该的，大家未必记得。你失败一次，大家就会记你一辈子啊！"多少年过去了，这故事好像就发生在昨天。

此外，拿到稿子后的案头准备工作也是十分重要的。记得从1990年以后，两年一届的"华罗庚金杯少年数学邀请赛"就由我主持了。1992年那届，我居然从30道数学题中，挑出了两道答案有问题的。当时，著名数学家华罗庚先生的学生、中国科学院数学所的徐教授说："这可是大学研究生的题目啊，你居然看懂了，还挑出了错！我们准备了两个多月，都没发现。你干脆和我回数学所上班吧！"其实，我当时就是一门心思想着要自己先弄明白了，才能去主持，才能胸有成竹，不然心里没底，怯场了或者在台上被参赛选手问住了，误人也误己。

■ 小行动积淀大准备

要想干好主持人这行，还得多看书，哪怕是"闲书"。要对这个世界充满好奇，多积累不吃亏。这是大事。

另外，在做好案头准备工作后，录像前要休息好。不能说第二天上午就录节目了，头天晚上还通宵娱乐。要早点到节目组，不要耍大牌当"迟到大王"。这样做既是对主创人员和观众、嘉宾的尊重，也要自己定定神儿。如果是有搭档一起主持，一定要把他（她）的稿子也看明白，主动对对词、聊聊本子。自己与搭档的关系一定要处理好，否则离心离德、两败俱伤。

还有就是，在开播开录前，要找个清静的地方，自己在脑子里过过稿子，别和大家扯那些与稿子无关的闲篇儿了，否则就会出大事！记得20世纪90年代初，一位著名演员主持联欢晚会，上台前大聊特聊，三遍铃一响，跳到舞台上就说：

"各位嘉宾，各位观众，演出到此结束。祝大家晚安！"台下的观众哄堂大笑，怎么还没开演就结束了呢？！

如果你在主持节目前遇到特殊情况，比如身体不舒服，或者状态麻木、没有激情，可以跳跳、跑跑、喊喊，把状态找回来。记得倪萍当年每次主持大型晚会前，一定会找个没人的地方自己唠叨唠叨，跳一跳，所以她在台上总能激情四射。

■ 月亮发光是因为太阳

还有一点需要大家特别注意。干我们这一行时间长了，有了点儿名气，有时脾气也长了，容易自我膨胀。当节目的利益和自己的观点发生冲突时，一定要把矛盾消化在台下，解决在录像前。切记：不能过分突出个人，否则会养成恶习，损害创作集体甚至是国家的利益。特别是在直播节目中，一定要有职业操守：既然干，就要负责，就要服从；不然，你可以在这之前选择不干。不要把自己的作用看得太重要，一定要牢记，我们头顶之所以有光环，是因为太多位默默无闻的兄弟姐妹付出了太多个不眠之夜！我们站在台前，背后是团队的支撑，所以必须有集体精神，做个知情知义的、负责任的、合格的专业人才。多年前，中央电视台一位著名的体育解说员，在节目直播时过于激动，把自己的个人情绪放在了工作中，结果造成很不好的影响，使大家半年多的努力都受到了质疑，给几百人的团队抹黑。此事应该让我们警醒，永远引以为戒！

2008年，我在杭州担任"中国国际动漫节"晚会的主持人。临上场前，由于不小心，我切水果时不慎将手切了个8厘米长的大口子，皮肉外翻甚至露出了骨头，伤口血流不止。活动组委会叫来救护车要送我到医院缝针，我坚决不肯，糊上一层止血药就上台了。伤口的疼痛丝毫没有影响我在台上跳来跳去、谈笑风生，观众一点儿也没看出来我受了伤。说来也怪，由于我的全身心投入，晚会结束时伤口竟然封住了。我举这个例子，就是为了告诉大家，干我们这一行不只有光鲜的外表，还必须具备应有的职业道德，无论是个人身体不适，还是家里出了什么状况，总之，个人天大的事，在工作面前都是微不足道的。

主持人每天都工作在聚光灯照耀下的舞台上，面对现场观众和电视机前的观众时，每一次的露面都应像第一次那样认真和兴奋。千万不要越干越油滑！即便只是和观众、嘉宾的一次互动，给小朋友的一个小小的手势，都要有善念、善意，千万不可在贬低他人的同时抬高自己，卖弄所谓的幽默和智慧。特别是主持少儿节目时，即便录像结束，如果有孩子想与你照相，请你签名，千万不要因为自己情绪急躁就推搡孩子，要耐住性子，要把这件事看作潜移默化教育孩子的一次机会。我常常想：有些小朋友本来就怯场、不自信，好不容易鼓足勇气来找你，虽然你只是不经意地推了他一下，或者婉言拒绝了他，但他有可能就因为这件事怯懦下去，会影响他一辈子。如果你在他的小耳垂上摸一下，或者拍拍他的头鼓励一下，也许他今后就更加大胆、更自信一些，这是多么有意义的引导啊！

总之，由于我们工作的特殊性，你一旦成为观众信任和喜欢的主持人，你的所有举动、行为都将被无限放大。这的确能给你带来很多便利，这一点不用回避。但重要的是，我们应该将这一切归功于国家的培养，而不要真的被观众捧一捧，就晕头转向了。

我在这里所说的，大家看后可能会有点儿不舒坦的感觉。没错，我自己在写这段文字时，也再三斟酌：要不要让人们了解我们业内的这些疮疤？但是，现实就是现实。我之所以敢于把现实剖开来呈现在大家面前，是因为我知道在这一行里还有很多的正能量，它们正在逐步聚拢，形成强大的影响力。随着我们正在崛起的国家日益成熟，我坚信久违了的那些老传统会回来的。我坚信，我们行业的老一辈的大善之德会感召我们这些后人大步前行。同时，我也坚信，后来的年轻人们在国家面前、在人民面前，不会逊色于我们，他们会在未来更大的空间里，再创播音主持艺术的新辉煌，交出令人满意的答卷！

03 妙计三

注重自我修养

面对上文我说过的当下广电行业的激烈竞争，以及一些五光十色的"乱象"，可能很多本想投身此行业的年轻人会望而生畏。其实，出现这些现象都很正常，因为我们从事的这份工作的确很重要，也很光彩照人。我们面向大众，大而言之是代表时代的、民族的、国家的声音，小而言之是服务于社会，服务于观众，是给人们带来阳光、希望、快乐和正能量的使者，有敬畏之心是必须的。更何况，我国广电行业的发展紧随时代、贴近生活，是在探索中摸索规律，具有自始至终的挑战性和开创性，一直在前进的途中。正所谓，心中有理想，眼前有鲜花也有荆棘，我们在路上。

我们生活在红旗下，工作在改革开放的新时代。我们是坚守的一代，又是开拓创新的一代。与齐越、夏青等老一辈播音员相比，我们出名了、有钱了，但我们更应该有为国家广电事业的发展建功立业的坚定态度！作为从业者和将要从业者，我们应有这样的认知：百花齐放，不等于良莠不齐！谁赋予我们对大众说话的权利？我们是谁？我们为什么说？我们对谁说，又该说什么？我们的话语会有多大的影响力？这应该是我们业内人士每时每刻都须反省的。写到这儿，我不禁想起了上世纪90年代初，我主持"华罗庚金杯少年数学邀请赛"时，一位老教师拉着我的手，语重心长地说过的话：

"董浩叔叔，你的一句话顶我们的一百句话啊！"这沉甸甸的认可，正是我两次在工作岗位上病重却不下火线，坚持到今天的原动力！

端正态度，做好功课

我一直认为，我们的工作是神圣的，也是光荣的。要想做一名合格的主持人，除了具备五官端正、字正腔圆等外在条件外，尤为重要的是要有为人民服务、为时代服务、为国家发展服务的大爱之心和政治觉悟。无论是主持新闻节目还是主持娱乐节目，我们都应不辱使命；我们在电视、广播中的语言和展现出来的气质，哪怕出现丝毫不负责任的疏漏，都是对我们这一光荣职业的亵渎，也是对广大观众、听众的侵犯！只有把这个关系摆正了，你才能做到称职。从事主持人工作，应该心中有理想，心中有责任，心中有观众，心中有观点，坚定传播先进文化的理念，不要把节目制作当成捞取金钱和名利的地摊。否则，你就干不好，也不可能干得长远。

态度的习得，功夫在诗外。主持人上岗前应博览群书，聚集正能量，力求成为社会学者。学习教育学、心理学、哲学、历史学的相关知识，特别是我们民族不屈不挠的发展史和广电行业的创业史，这是基础素养的修炼。另外，每天读书恐怕是必须的。崔永元就跟我说过，要把每天看书当作一种习惯，虽然做不到著作等身，但一年所读的书倒是可以与自己的个头一般高。这一点，我是相信的。为了做好节目，许多大家耳熟能详的著名主持人，像李瑞英、崔永元、白岩松、水均益、张泉灵、敬一丹等，所做的学习、思索、策划、总结等，那些节目之外的功课，数量是惊人的。但也只有如此，当你在镜头前时，心里才有底气。要想取得成功，只有付出辛苦，别无捷径！

我不由得想起了李瑞英、罗京等新闻播音员，他们在纷杂的经济社会，坚持着职业操守，用字正腔圆、质朴大气的大国高端电视人的风度，两袖清风，埋头苦干，举起了一杆鲜红的正气之旗，令人敬仰！罗京的遗物——那本翻烂了的《新华字典》，为我们这支队伍注入多少兢兢业业、认真求实的正能量啊，我们这些人为能有这样一位曾经肩并肩战斗过的兄弟感到自豪！还有我们的老战友陈芒，也是奋不顾身搞事业，最终倒在了自己用青春和生命服务过的岗位上！我切身体验过生命快到尽头时的感觉。那一刻，我们不仅惦念自己的亲人，更多的是工作上的未尽蓝图。我们毫不畏惧，我们死而无憾！因为，我们在实现中华民族伟大复兴的时代，为党、为国家、为民族呼喊过，加油过！写到此处，我泪眼模糊。

我国广电事业飞速发展，和国际接轨是必然的，也是好事。但我们应该清醒地认识到，现阶段我们开展专业化的、科学化的研讨，也是必要的。不要认为现今播音主持艺术没了，它不是没了，而是更加实实在在地存在着，耐心地等着我们每位从业者用经验、用心血去浇灌它！

继承创新，与时俱进

可能会有年轻的同行说，这些年大量非播音主持专业人员涌入，早把以"字正腔圆"为基础的播音理论拆解得支离破碎了。一些很火的节目都由原影视演员，像王刚、程前、英达、侯耀华、牛群等主持，周立波、郭德纲、吴宗宪、胡瓜、伊能静也都频繁出入各大卫视。对此，我们应该学什么？老师教给我们的播音艺术理论和技巧，将来能有用武之地吗？现在的主持人行业，你方唱罢我登场，场面上是挺热闹的。我作为一名从未离开过播音主持一线的老兵，要告诉大家的是：播音主持是一门接传统的、接地气的、独特的、深奥的语言艺术。是艺术，就一定有规律可循。

播音员、主持人都是职业，有其独特的从业规则，这是毋庸置疑的。这一职业不会产生永远的星星，只会诞生不朽的学者。现阶段，只不过是我国广电事业发展太快，受众要求不断提高、更为多元化，而我们在理论上的深入研究和探讨，以及在教材上的更新稍显滞后，有些不接地气而已。有进步，需要肯定；对新需求、新业态的科学研究逐渐精细化，这也是必须的。还是那句老话儿："存在决定意识。"在文化艺术大发展的今天，观众的口味不再趋向一致，众口难调，大家的笑点和满足点"节节高升"，这是客观现实，也是可以理解的。再说，我们还有引领文化发展的使命，应该发挥积极主动性，老是站在被动的位置上可不行。

我发现，不仅是我们，就连曲艺行业的培养体系也是随着社会需求的提升，发生了由松散到系统、由非专业到专业的转变。我曾经与老朋友、著名相声演员姜昆和冯巩深入交流过，他们为了使相声事业有长久的发展，已经在以积极的态度进行着艰苦的改革。为了让相声接地气，在继承传统的基础上满足当下人们的娱乐取向，他们与中央戏剧学院联系，开设了相声创作表演大专班，用科学的方法培养专业人才。我欣喜地看到，该专业培养出来的学生现在已挑起了大梁，成为央视和各地卫视春节联欢晚会上的一道亮丽风景线。这一点，我们应该向人家学习。

有的放矢，实战训练

如上所述，现在广播电台、电视台的主持人如果只通过以前的新闻、天气预报、通讯、对话、诗歌等培训提升自身的专业素养，显然已远远不够。我们应该做到有的放矢，跟上时代步伐，从目前热播的节目形态和品类上，尽早（比如从大学二年级开始）根据学生的专长与兴趣，有目标地加以培养。在职的年轻主持人也应该根据自己的从业经验，尽早自我定位。

根据广播电台、电视台现有节目类型，我们大致可以把播音主持专业的培养方向分为以下几大类：

（1）信息服务节目（如天气预报、产品直销等）主持人；

（2）脱口秀节目（如谈话、讲故事等）主持人；

（3）文艺节目（如晚会）主持人；

（4）娱乐、游戏类节目主持人；

（5）老年、少儿类节目主持人；

（6）仪式、活动主持人；

（7）专业配音人员。

以上每个方向其实还可以更为细化，真正做到术业有专攻。日后准备在电视台就业的，外在形象要求稍高一点儿即可；而广播电台主持人还要学会基础混音、电脑合成、操作台使用等诸多技能，并加以实践。

播音主持专业毕业生上岗前应经过严格的普通话训练，掌握吐字发声、语气、停连等语言表达基本技巧，在毕业的同时获得"广播电视播音员主持人资格考试合格证"。在这一点上，我多年前曾和张颂老师当面交流过。我说："您是播音系主任，您的毕业生现在还需要参加考核，获得'国家普通话水平测试等级证书'才能上岗，这是播音系的悲哀！"我一直认为，普通话的表达是严肃的艺术，通过苦练能享用一生。当年考试时那种无的放矢地走过场，千军万马，包括邢质斌、陈铎这样的资深播音员都要参加，人手一册又大又厚的书，像过筛子一样，只能说明这是一次成功的图书发行活动。我认为，如果再搞上岗培训，应有合理的目标群体，比如让周立波、吴宗宪他们去培训一下，还是有必要的。花费四年时间认真学习了普通话的播音主持专业毕业生，为什么还要再参加培训和考试？这不是对大学教学的否定和怀疑吗？张颂老师当时只是笑着说："考完了快走。又放大炮了！"其实，到今天我还是对当年的考核形式百思不得其解。

通过以上的类型细化，复杂的事情变得简单许多，然后就好处理了：在校学生可以根据不同的主攻方向借鉴兄弟艺术，学校再多邀请一线主持人给他们传经授艺；一线从业人员中普通话不过关的，也可以适当回炉训一训、考一考。这样做来，不也其乐融融，有原则性又有实用性吗？

当然，有条件的学校可以设立专项资金用于成立公司化运作的制播平台，包括策划、制作、发行、推广，也可以模拟小电视台制作节目在学校播出。这样，既可以让学生尽早实战，因人而异、对症下药，按其技能做好从业准备，又能让大家有收入，勤工俭学，享受劳动成果，岂不快哉！

我们开设播音主持专业的高校在培养人才时，必须让学生苦练基本功，扩大其能力施展平台，加强实战训练，尽早编写出接地气的教材，既坚守传统，又关注当下，万不可误人子弟。再者，我们在定向培养专业主持人时，也应引导学生客观地认识我们当下的职场状况，不见得千军万马都瞄着一个靶子——中央电视台。其实，就主持人个人的从业幸福指数来说，中央电视台的主持人竞争、失业压力是最大的，危机感常常扑面而来，压得你喘不过气来，倒不如在自己喜欢的地方轻松地主持一档自己热爱的节目来得幸福。有时候，当"鸡头"的感觉比当"凤尾"的滋味要好得多。

04 妙计四

练好基本功

　　播音员、主持人的看家本领，既是播音主持行业从业人员最基础的素养、最起码要掌握的技能，同时也是最高精尖的常用功夫。就像司机，最起码要会开车，能上路；但把车开得出神入化，还能确保平安，是一辈子都要研习的功课。这些基础知识，播音主持专业教材上都有，当初基本上是参照歌唱教材再结合我们的播音实践总结出来的。说起来道理很简单，就像开车，三分钟就能学会把车开起来，但开好车的窍门可不是一时半会儿说得清楚的，还需要细细琢磨。现在，我就结合自己的体会，以如何做到气息共鸣为例，告诉大家几个练好基本功的窍门。

吐字发声的基本原理

　　我们说话、唱歌，声音是怎么发出来的？声音基本上是由基音在共鸣腔体中被放大后形成的。什么是基音？基音就是基础音，是通过位于我们喉部的声带整体振动产生的。什么是腔体？腔体就是具有固定空间的器官，比如鼻腔、口腔、胸腔、头腔等。腔体大，共鸣就大；腔体小，共鸣就小。就像古琴和古筝，后者的共鸣腔体大，声音就大。那么，我们是如何振动声带发声的？声带的振动是由我们呼出的气流冲击声带而产生的。声音的大小主要就是靠呼出气流的大小来调控的。这就好比你是轻抚琴弦，还是用力弹拨琴弦。如此一分析，事情就清楚了。我国古代的音乐理论家很聪明，一千多年前就总结出来了："善歌者必先调其气，氤氲自脐间出，至喉乃噫其词，即分抗坠之音。既得其术，即可致遏云响谷之妙也。"①中国的京剧艺术家总结经验时也提出，要掌握"气沉丹田，声贯于顶"的技艺。那么，气从何来？何为丹田（肚脐下横三指的位置，见图4-1）？

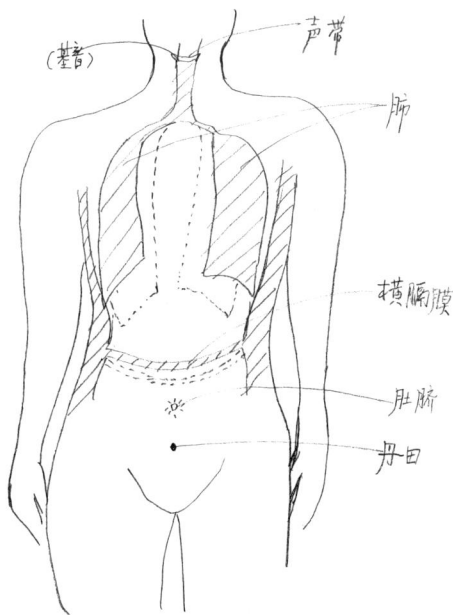

图4-1 发声系统简图

---

① [唐] 段安节撰：《乐府杂录》。

人类呼吸，主要靠肺。一呼一吸之间的存量，主要靠腹腔和胸腔之间的横膈膜来调控。随着横膈膜的上下调节，我们肺部空气的存量发生改变。这种变化，是能够加以控制的。所以，在吐字发声时，横膈膜的训练是很重要的。因为，主持人在工作中需要展现的声音应该是明亮的、有力度的自我调节声音，而并非是完全无控制、呈现天然状态的所谓"好声音"。前辈们曾经做过这样的实验：在玻璃烧杯中倒立放置一个皮囊，皮囊的出口在烧杯底部，然后用可拉动的皮膜封住玻璃烧杯口，最后将烧杯倒置，这时的烧杯内部是密闭空间。当我们用手去拉动皮膜时，烧杯中间的皮囊会鼓胀起来。由此可见，古人所说的"氤氲自脐间出"是正确的。这个实验在声乐系大学一年级课程中，老师都会为大家演示。我小时候就曾目睹，觉得很有趣，现在想来，这是非常科学的。

我们知道，人类的头腔、口鼻腔、胸腔基本是保持常量的不可变腔体，而腹腔相对柔软，可以灵活调节肌肉群围绕的空间，因而不易于发声。所以，声音主要还是依靠头腔、口鼻腔、胸腔共鸣形成的。这与发声乐器，如钢琴、吉他、二胡等的原理相类似。由此可见，除了气息，保护我们的"琴弦"——声带，也是至关重要的。

工作状态下的呼吸方式

日常情况下，我们多数时间感觉不到自己正在一呼一吸；如果刻意关注，会不自然甚至出现窒息感。除非因为呼吸困难，或者需要一呼一吸支持非常态的或喊或唱行为时，人们才会有感觉。平时，我们的呼吸完全是自由主义的，整个呼吸肌肉群大概只有十分之一在工作。这时，主要是"腹式（自然式）呼吸"，就像人们熟睡以后，腹部自然而然地一起一伏。如果谁是胸口在一起一伏地闭着眼睛睡觉，那一定是在装睡。这种腹式呼吸，深而无控，吸得多，呼得也快、也多。所以，这种呼吸方式我们在工作状态下不选用。

　　还有一种呼吸方式，叫"胸式呼吸"。最形象的例子就是人在受到惊吓或哭泣时，你会看见其肩膀在上下抽动，这是真的戳到伤心处了。但这种呼吸，吸得浅，呼得快，除了在一些带有特定感情色彩的表演中可以选择性地处理运用外，一般也不宜采用。

　　我们在工作状态下

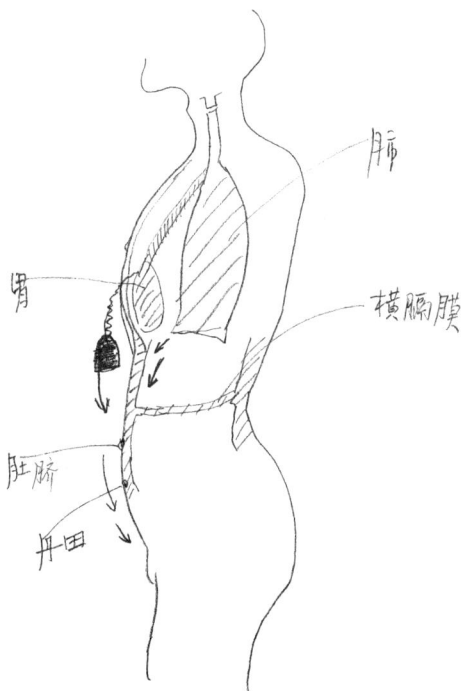

图4-2　胸腹联合式呼吸简图

选择的是"胸腹联合式呼吸"，这是一种在整个呼吸肌肉群调动起来以后，能够获得最大胸腔体积并有意识地将气息沉到丹田，保持住，再在发声的过程中有控制地呼气的呼吸方法。以我的经验来说，一呼一吸之间，腔体变小、气息变少是必然的，这就像一头大灰熊要推门进来，我们用力抵着门不让它进，但只是在拖延时间而已。我们的科学发声，就是在这种可控的作用力和反作用力的抗衡中完成的。在这一过程中，为了让声音变得顺畅、好听，更好地发挥共鸣腔的作用，我们必须有意识地维持胸腔的松弛度和体积，切忌含胸、耸肩。应该有一种感觉，好像整个上腹和下腹的肌肉是一个板块，发声时它在先向下后向里地翻卷，类似在我们胃部挂了一个弹簧秤砣，慢慢地坠下去（见图4-2）。这是我的体会。注意：在艺术（包括美术）研讨中，找感觉是很重要的。而找到这种感觉的过程，正是我们所需要的科学控制气息发声的方法。要多加练习，让其成为一种招之即来的良好的、正确的工作状态。这样做不仅能让我们的声音出众，还可以有效地保护好我们的声带，让它永葆青春。我38年来没离开过播音主持行业，天天用嗓子，声音却能宝刀不老，通过时时训练保持住这种状态是最大的绝招。

当然，在这方面大家也可以找到自己的专属感觉来控制气息和发声。此外，还有很多延长呼吸或增强力度的训练，比如数枣、吹纸等。以吹纸为例，要坚持每天拿一张纸条放在嘴唇前5厘米处，控制住丹田气息，然后凭感觉均匀地把纸条吹到一个既定角度并尽量长时间地保持住。这类方法看似简单，但持之以恒，细品感觉，再结合发声练习，必有收获。

同时，在解决好气息控制的前提下，如能结合吐字归音训练，从单音、词组、成语、短句到短诗循序渐进，可轻声，可大声，可读，可喊，勤于练习，铸造一副真正的"铁嗓子""金嗓子"，不是妄想。

唇、舌、齿喷弹力量的科学运用

关于声母、韵母、前鼻音、后鼻音和每个字的吐字归音，我不再详细阐述，因为我们国家地大物博，一方水土养一方人，各地有自己的方言，同一类方言还有更细的分支。我们都接受过普通话教育，只要手边有字典，有专业老师，自己照着镜子悉心练习、观察、总结，应该是能够解决问题的。关键是持之以恒地苦练加体会！比如："四是四，十是十，十四是十四，四十是四十。""山前有四十四棵小死涩柿子树，山后有四十四只小死狮子。小死狮子咬着了小涩柿子，被小涩柿子给涩死了。"这两个绕口令，东北人和广东人说起来就很麻烦。这里有一个前鼻音、后鼻音的调节和平舌音、翘舌音的转换问题。"四"，舌尖贴近下齿背；"十"，舌卷起，舌边靠近上腭。只要舌头位置对了，发音态度肯定，出气果断，这个问题是能解决的。我记得，1981年时从湖南长沙来的一个小姑娘，跟我学习了两个多月。开始时她满嘴的湖南口音，我就让她反复练习上面这两段绕口令，并从中体会发音的力度。小姑娘很刻苦，后来成了我的同事，她就是现在央视国际频道《中国新闻》的女主播徐俐。由此可见，水滴石穿，心想事成！如果你还没有成功，主要是你自己还没铆足劲儿来真的罢了。

我们知道，西洋唱法歌唱家的起声点在鼻腔外上方的筛窦。这样，发声时就能把咽壁这根管子打开（见图4-3），来增强声音的"立度"。注意，我说的是"立"，就是声音的饱满性、立体性、体积感。声音不能是扁平的、单薄的。借鉴中国民歌的发声方法，这叫"狮子滚绣球"。主持人在处理大型晚会开场或结尾时，在处理诗歌朗诵时，也需要这种"立度"。民族歌手的起声点在上齿背，口要张大，呈喇叭状。京剧中"净角""黑头""花脸"的起声点在眉心位置，即所谓"头腔面罩音"，威力也很大。由于工作的需要，我们播音员、主持人的声音必须清晰、明亮，起声点相对靠前、靠下，应该在人中（见图4-3），不必像民族歌手、京剧演员那么夸张和用力，不然会吓到听众和观众。主持人的发声共鸣以口腔为主，鼻腔、头腔和胸腔为辅。口腔各器官中，只有舌、软腭、下颚、唇是可以动的，我们的发声主要是靠唇、舌与齿的喷弹。所以，我们的发声练习状态和工作状态就是"唇齿相依"。这里有个窍门：大家可以找一找闻花香的感觉，就是微微地提起笑肌，从嘴角顺着鼻唇沟向颧骨方向提伸。此时，心情很美，气定神闲，气息自然而然地沉入腹中。这样保持住。然后，发声既然是以口腔共鸣为主，就要尽量地把口腔调动起来。伸出右手，假装拿着一个大苹果放在嘴前，一口吃下去。这时，体会一下口腔里的状态。记

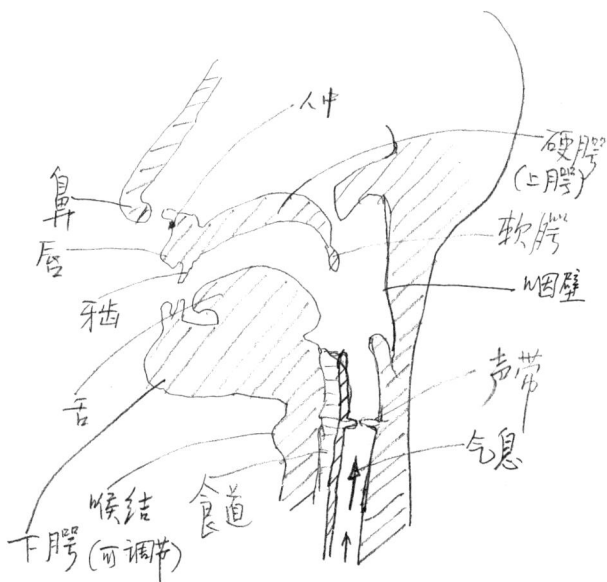

图4-3　发声器官简图

住，这就是我们要找的最佳状态。然后，可以用双唇发出"叭、叭"的声音，舌根发出"嗒、嗒"的声音和"他、他"的声音。不要呲嘴，要笑起来，嘴唇贴着牙齿的感觉就有了。

练习唇、舌、齿喷弹力量的绕口令有很多，比如"八百标兵奔北坡，北坡炮兵并排跑，炮兵怕把标兵碰，标兵怕碰炮兵炮"，还有"长虫围着砖堆转，转完砖堆钻砖堆"，等等。这类绕口令练习不求多、不求快，重要的是细细体验唇、舌、齿喷弹力度的变化。这是十分美妙的，也可以把它当作出工前的操练，多加练习。

这一部分讲到的练习和体验是尤为重要的。因为，今后在朗诵、主持中需要重点强调和点诵的时候，这类本领是不可缺少的。我在这方面可是尝到了大甜头！

为了增强唇、舌的力度，还可以做如下的口型操：将嘴唇尽可能地撅起，最大力度地上、下、左、右绕大圈，然后再反向绕。如果嘴唇有酸胀的感觉，这就对了。还可以将舌头伸到唇内齿外的位置，然后绕圈。特别是清晨醒来时做这个练习，还有生津的健身作用。做完这个练习，再双唇"叭、叭"地喷弹四五十下，结合气息调整，我戏称为"唤醒服务"。坚持下去，必出奇效。

综上所述，日常的练习一定要坚持。另外，不要用力过猛，不要使傻劲儿。根据每个人不同的问题，以自在的、自由的、快乐的状态来练习。特别是吸气时，气息吸得八成满即可，不要过满，要用闻花的感觉去吸。气沉丹田的感觉调动了你的注意力，唇、舌、齿的张力和弹力你又注意到了，这样上、下两头紧张一些，就可以解放中间了，即解放你的声带。这就是"两头紧、中间松"。然后，再保持胸腔和躯干的稳定，声音就不会出现"卡脖子"的问题。

科学化训练，加上如鱼得水般地科学化使用，就能达到保护和提升自己的目的。

05 妙计五

关注情感表达

　　学会适当地表达情感，是彰显播音主持艺术的重要途径。这个方法，说来容易，就是以情带声、声情并茂；可要达到熟练掌握的程度，需要播音主持行业从业人员追求一生！

　　声情并茂可谓语言表达艺术的最高境界，有点儿像国画家追求的"气韵灵动"，可遇而不可求也。有人可能会问："你从事此行业38年有余，碰到过几次这种妙境？"实话实说，有！但这可不仅仅是一个技术性问题，也不是"天上掉馅饼"的事情，这里边有绝招。

　　一名专业播音员、主持人，能科学地、准确地发声和吐字归音，是应该的，是最基本的；在处理各种文体的稿件时，能把事情说清楚，也是最起码的。如果在处理稿件过程中，有个性、有自我、有态度、有感悟，能够做到声情并茂，则可被视为"极品"。当然，经过苦练，这也不是遥不可及的。这需要正确的创作方法，包括正确理解、吃透稿件，还包括掌握语言的表达技巧等。为什么把"理解"放在前面呢？因为理解是根本，语言本身就是思维的外壳，而会思维是我们人类与低级动物的最主要区别之一。这也是我们人类值得庆幸的，不然，我们的生命怎会如此精彩？试想，如果一群人围在一起时只会像狗一样地"汪汪汪"叫，那该是多么可悲的一件事啊！

点诵的技巧

　　点诵，就是点住重音，其他字则可以一带而过。这类技巧往往在口语、较快语速和较生活化的语境中使用。不过，在播报新闻和主持谈话类节目时，它会凸显出重要作用。此时，这一技巧的使用更有利于表现出一种干脆、利落的风格，也更有利于表达自己的态度。注意，这里我提到了"态度"。这一点很重要。主持人要说的话很多，但为什么说、怎样说，都要有我们自己的角度、分寸、目的。主持节目时我们的语言或温或冰或热、或吵或闹或哭或笑……都是态度在起作用。因而，点诵也要有语言色彩，也就是有鲜明的态度，至少我们在日常练习中要注意这一点。同时也要注意：我们应在熟练掌握重音、停连、断句的基本功以后，再来练习点诵技能。

　　说起点诵，我不由得想起了30年前的一段往事：那是1984年3月初，北京的初春乍暖还寒，在西黄城根全国人大常委会办公厅招待所里，聚集着由上海电影译制厂老厂长、翻译家陈叙一老师带队的一行人，包括毕克、尚华、杨成纯、李梓、刘广宁，还有长春电影译制片厂的孙敖、陈汝斌老师带领的向隽殊、李真，以及中央电视台译制组召集的英若诚、于是之、周正、金乃千、张颂、我和张云明、赵晓明、张涵予、刘纯燕等，参加了"全国首届影视译制片工作研讨会"。当时，上海电影译制厂主要介绍的就是"点诵在配音中的应用"方面的经验。与会者特别是我，受益匪浅。记得当时我与和我同住一屋的张颂老师就点诵在播音主持中的应用，以及如何从播新闻到说新闻过渡，聊了将近两个通宵。当然，有认同，也有争论。当时，上海、北京、长春三地的名演员、名配音演员由毕克导演带领，译制了巴西故事片《觉醒》，我和李梓老师分别为男女主角配音。点诵让我尝到了甜头，我和老师们的合作，终生难忘！

言归正传，我还是举那个断句的老例子：

下雨天留客天留我不留。

可以变成：

①下雨天留客，天留，我不留！

②下雨天，留客天，留我？不留！

③下雨，天留客，天留，我不留！

④下雨天，留客天，留我不？留！

这句话由标点符号带来了语意变化，这说明断句很重要。不过，一句话只有加上适当的重音，加重语气，才会产生感情色彩，表情达意也才会更准确。所以，"情"和"声"是以情支配声，以情带声。嗓音好，自然是好事，但如果没有感情的支配，那就很乏味、很无趣了。

下面，我们就点诵与语言色彩的关系，再举一个小例子：

那你怎么办？

第一种点诵：那你怎么办？

重音要稳、狠，有力度。表明关系不一般，很为之心急，强调关切之情。

第二种点诵：那你怎么办？

"那"字可稍微拖长音，"你"字用力一点儿。表现出若有所思，强调慎重、关切、稳健的感觉。

第三种点诵：那你怎么办？

只点一个字，语速快而果断，表现急迫之情。

第四种点诵：那你怎么办？

最后一个字重音，表明急中有些绝望了，有些怒气了。

其实，这些文字小游戏很有趣，都是从生活中来的。比如："你吃了吗？"在生活中，把"吃"字点准、吐字清晰就可以了，如果一板一眼地说，反倒怪异。

这种训练，对学会口语化，克服"播音腔"，朗诵小说、散文、广播剧或参与影视故事片配音，都很有帮助。可以几个同学一组，也可以在老师的指导下，边讨论边找出一些规律性经验来。不过必须记住：要在语言表达的情感线支配下探索，免得误入歧途。

不同场合的不同语言状态

一个人，如果心智上没有什么缺陷，生理上也没有什么残疾，没有太严重的口吃问题，又受过普通教育的滋润，那么他就会随时根据周围的环境、不同的场合与外界条件，形成相对应的语言外部反映。此现象在西洋声乐教育中被称为"预应式"反应。也就是说，你发音时，声带环状肌和横膈膜（胸膈肌）以及胸腹部呼吸肌群经过训练可以顺其自然地调动，以获得一种最恰当的、连锁的、舒服的、和谐统一的紧张程度，从而达到最佳的发音状态。20世纪70年代初，我的声乐老师陈以一教授在相当长的时间里一直对我强调这种"预应式"发音练习。该练习以"啊"音为基础音，保持口型后，由小到大、由弱渐强地用气流自然冲击声门。在发"啊——"的时候，重点体会发声的全过程，以使气息、共鸣更合理，建立正确的发声好习惯，从而长期保护和调动声带的功能。这个小练习大家可以练一练，但不要傻用力。随着声音的加强加大，主要体会气息的肌肉支持以及腹肌的抖动等。我在练习时就有一种体会，感觉自己是一个紧实的、钢制的汽油桶。注意，感觉很重要，我是说自我的感觉很重要！

综上所述，只要是一个精神健康、有健全情感的人，从一开口，他的语言就应该是有的放矢的。也就是说，说话人是在一根无形的情感线的支配和作用下，表达相应的情感、观点和态度。如若不是这样，或者太装，或者太过麻木，都会令人感觉怪异。只有以情感支配为基础，你才能或幽默、或风趣，并逐渐形成个人风格。

以上说的是语言蕴含情感的问题。其实，这也兼顾了语言表达方面的内容：有源之水、有本之木才是正确的创作途径。由此看来，吃透稿件，找到自我，然后再开口也不迟。

除了上面说到的这几点以外，我们的发音状态、音量大小和情绪冲动与否，还跟我们在多大的空间、距离对话有关。关于这一点，我们的任务决定了我们相对话剧演员要简单一些。从工作上讲，主持人主要有以下几种状态：

1. 广播电视节目中的串联、报幕

这一类型对语言的要求是清晰明快、轻松舒展，但又不是自言自语。练习时可以找一种对着4米开外的一位朋友说话的感觉。以这种感觉说话，再通过麦克风扩音，就正合适了。日常与听众、观众或现场嘉宾的交流，也可以采用此状态。

2. 大型晚会或仪式上的主持

这一类型要找到的感觉，是与距离自己8~10米的老年人交流的状态。这并不是要求主持人大喊大叫，而是强调声音的立度、气息的力度和字与字之间的归音和颗粒度。声音要连贯、有力、饱满、明亮、游刃有余，不要声嘶力竭，必须有呼吸支撑。

3. 在舞台上或话筒前朗诵文学作品

对诗歌、散文、小说等文学作品的处理，因文而异，因人而异。在语感的掌握方面，要做大量训练，尤其是气息、共鸣和表达相结合的练习，更要多做。不过要注意：练习是练习，工作起来就不要想太多了。练习的目的是养成习惯，张嘴就有。另外，练习不能"三天打鱼，两天晒网"，必须下笨功夫、苦功夫！

不同感情色彩的声音表象

其实，说了这么多，我还是在强调语言表达的心态，即内心情感节奏影响语言外部节奏和语感。主持人在语言表达中应以内在情感为基础，将语言的积极态或冲动态变得可调、可控、可抒发、可渲染，形成具有灵魂的、有个性的"人话"。也就是说，主持人要先感染自己，有感而发，再感染他人和大众。

为什么我要单谈语言表象，也就是外在状态呢？主要是想分分类，以便大家在工作中、练习中易于掌握。概括来说，生成语言的情境主要有以下几类：（1）泪下；（2）含泪；（3）小笑；（4）大笑；（5）回忆痛苦；（6）回忆快乐；（7）喜极生悲；（8）悲喜交加；（9）边走边说；（10）边跑边说；（11）怒不可遏；等等。

在练习时，要着重体会在不同情境下，如何有感而发、以情带声。另外，还要注意研究语气上的停连等。

总之，如果你能在工作中、生活中注意发现规律和处理方法上的新技巧，在表达上注意有放有收、先抑后扬、紧拉慢唱、逐渐递进，各种态度、各种心境、各种心情的语气练习常做、常体会、常总结，就一定能找到适合自己的通往"声情并茂"佳境的桥梁。

从"以情带声"到"声情并茂"的飞跃

以情带声，"情"从何来？

我们先看文章是如何被写出来的：由事生感，有感而发；先形于纲，后形于文；文以动情，情至感人。说白了，就是由人遇事，由事生情，以情行文。而我们的诗歌朗诵或播讲故事，则是逆向的，就是从作品的字里行间捕捉作者的目的、情感，然后以作者的身份或作者规定的身份来生动地播讲或朗诵。由此可见，朗诵者和播讲者的"情"是建立在与作者神交的基础上的，同时又加入了朗诵者和播讲者平日生活中积累的情感，以及对该作品的态度和理解。也就是说，朗诵和播讲都是用从作者的真情实感中提炼出的抒情、表达、冲动来支配朗诵者、播讲者的真情实感，进行声情并茂的语言表达。因此，朗诵者和播讲者个人日常的感情积累与经验也非常重要。比如，30年前我与著名作家梁晓声合作长篇小说《今夜有暴风雪》的播讲，由于我三番五次地与梁兄聊人生，所以自己在处理作品中第一人称的叙述文字时，还是较游刃有余的。但一遇到播讲主人公与父亲之间关系的文字时，就显得力不从心。这很有可能是因为我当时还没有做父亲的亲身体验。1985年以后，我有了女儿，再来播讲这些表现父母与孩子关系的文字时，情感表达就好得多了。由此可见，朗诵和播讲艺术创作中的"情"，绝不是无源之水、无本之木，必须下功夫去认真体验和体会。

在我的艺术实践中，那种以情带声、声情并茂的境界到来时，自己在那一刹那是有感知的。记得，当我得知《2012中秋诗会》节目组安排自己朗诵苏轼的《水调歌头》时，我先就这一脍炙人口的作品做了大量的案头准备工作，并专程去了一趟此作品的创作地密州（今山东诸城）。静夜，明月，让我很接地气。我又借"大醉，作此篇，兼怀子由"之情，顿悟"但愿人长久，千里共婵娟"并不特指男女之情，而主要是指兄弟、挚友之情。所以，我感悟的此诗豪气油然而生，并多了几分男人之间的沧桑感和厚重情义。而且，在以后的几天时间里，我居然没有一次大声地朗诵过整首作品，满脑子都是苏轼与子由之间友爱相处的画面，以及"我就是苏轼"的感觉。以至于在录音前，我对导演宗晓燕说："我会以一种前人没有的感觉，但我以为是苏轼的真情实感，来处理这首大家熟悉的作品。也许是对的，也许是不对的，请你帮我把握！"坐在话筒前，我带着几分醉意，脱口而出："明月几时有，把酒问青天。"两句过后，我已泪流满面。我的大脑中好像有另一个声音，在对我说着："来了，以情带声的可遇而不可求的感觉驾到了！"这时，我以一种"虎衔仔"的分寸感，稍稍控制了一下我上下抖动着的、沾着泪水的嘴唇，任气息随情感起伏，使最自然的、最松弛却又厚重的声音带着泪水和情感溢出（注意：不是泼出）。源源不断，直到"但愿人——长——久——，千里——共——婵——娟——"。我已经将自己全部塞进了当年苏子的灵魂深处。同时，我对这首作品中格律、音韵的古朴感觉的处理也恰到好处，录制工作一遍过。

注意，我在以上文字中较细致地描述了"情"来时的自我感觉。应当说，它不是不请自来的，而是我们通过日常的情感积累，用心地细致分析，全力调动自己的情感，创造出一种渗透作者灵魂，又有自己灵魂参与的情景再现，感动自己并抓住感觉，保持状态，借以完成的抒情感人、声情并茂的表达任务和语言表达境界。这需要"三顾茅庐"，三番五次地"请"和"练"，才能达成所需情感"招之即来，来之能用"的默契。在整个过程中，切忌挤、装、造作和没有情感支撑的声音上的伪造。我坚信，只要真练、勤悟，这种感觉大家都可以找到。但"情"来时，在细微处，你的感觉与我的感觉肯定是不尽相同的，只不过其中蕴含的真情是相同的。接下来，我为什么用"虎衔仔"来形容？就是说要有分寸感——狠了就死了，轻了就跑了。给大家讲个故事：有位演员饰演《白毛女》中的"喜儿"，表演时动了真情，是好事，但她扑在爹爹"杨白劳"的身上大哭，哭得忘了词，一发不可收拾，只好在痛哭中拉幕以做掩饰，反倒出了大问题。所以，情绪的调动一定要为我所用，并且，必须要可用。

在多年的艺术实践中，我渐渐地将偶遇的现象分析出有规律可循的线索和方法，并在工作中不断检验、不断体会、不断丰富，大受裨益。也正是凭借着这样的本领，我朗诵、播讲和配音的文学作品，如《沁园春·雪》《蟋蟀》《老水手之歌》《叶甫盖尼·奥涅金》《今夜有暴风雪》《荆棘鸟》《周恩来》《黄山》等，所进行的处理和创作，都得到了观众（听众）的认可。

写到这里，大家基本上知道"以情带声，声情并茂"是怎么回事了。这一技巧的训练，可以参考斯坦尼斯拉夫斯基的《演员的自我修养》，多练、苦练。有一点还要提醒大家，平时苦练中，可以有各种设想、设计，包括对声音上扬长避短的思考和实验。但是，当你处于工作状态时，千万不要再想方法、想设计、想气息、想共鸣等，不然，会在心理上造成极大的障碍，甚至因此而失声、失语，以至于无法工作。记住：练习是为了形成更科学的发声表达的好习惯、好办法，和工作的目的、任务是两码事；但二者又是互为补益的，练习的成果为工作提供的是拐杖和氧气，而不是手铐和脚镣。

06 妙计六

学会说话和与嘉宾互动

找准定位

　　1977年时，我就参加了广播电台的播音工作，并开始参与我国第一批电视译制片的配音工作，并没有经过专门的播音培训。在相当长的时间里，这曾经是我个人很值得庆幸的一件事。为什么呢？因为当时新兴起一种广播文体，就是在科普类栏目和农村栏目中出现了对话节目。如老师（科技人员）回答小李（听众）提出的问题。这类节目的播音要求内容流畅、语言亲切、贴近生活，这对于一直用四平八稳的语速播报新闻的专业播音员反倒是件难事，他们以惯用播音方式做的节目，往往让人听着很假，笑不像真笑，说不会真说。同时，大量影视剧和译制片新剧的出现，也让很多专业播音员束手无策，他们被译制片和广播剧导演戏称为"不会说人话"。记得，最初北京几位从事配音工作的都是影视话剧演员，只有我一个人是播音员，这都得益于我有研习戏剧表演和朗诵的经历。我在配音行业如鱼得水，挣了不少外快，并很快在朗诵诗歌、散文和译制片配音、广播剧播讲中脱颖而出、小有名气。说来也真值得骄傲，当年常常是上午北京人民广播电台刚刚播出了我录的对话节目或者是朗诵的诗歌、播讲的小说，下午录音带就被急需教材的北京广播学院播音系的老师借走，当辅助教材和专业欣赏教材。不过，我也痛心地发现，直到现在，播音系毕业生不会生动地说话或者有严重的"播音腔"，还是一个现实存在的问题。这在节目类型异常丰富的今天，可谓是一个硬伤。

那么，怎样才能既字正腔圆又绘声绘色地把我们在节目中需要交代的事情说明白、说生动呢？我体会，在接到稿件后，先别忙着张嘴就念，而是要认真地看一看、想一想、找一找以下几个因素：我是谁？什么角色？为什么说？对谁说？说什么？达到什么目的？这些内容看似大白话，但正是通过这几个"为什么"，我们和撰稿人、导演、编辑交给我们的任务以及自己的看法更为接近了，并逐渐达成一致。当然，在此过程中有不明白的问题一定要与主创人员探讨和沟通，如果存在观点上的不同或者资讯方面的不明白，我倒认为是件好事，一定要开诚布公地交流，甚至不惜争论。因为，开播或录播前的讨论和争论正是我们加深记忆并唤起叙述、表达欲望的最有趣、最有益的过程。我通常在此阶段进行"鸡蛋里面挑骨头"似的沟通，受益无穷。一番沟通下来，我们和编导已经完全坐在一条板凳上了，以前我们不了解、不熟悉的信息大多已经明白。我还建议大家通过阅读，获取更多与此稿件相关的信息。比如，如果让我们主持一档调解婚姻矛盾的节目，我们只知道解决方法是劝人换掉爱人，这是不行的。与其这样，不如我们调整自己的理念，不要轻易引导双方离婚；同时，我们还要了解持相反意见者的依据。如能深入掌握人在结婚以后心理、生理上可能出现的常有的共性变化，并将自己的意见或体验加入其中，那就更好了。也就是说，准备工作做得越充分，越有利于你在节目现场承上启下、掌控节奏，并展现自己善解人意的一面，也有利于矛盾的化解。同时，这样也可以帮助你在节目中保持自我个性，成为一个可信的、真实的、有血有肉的、活生生的、有观点和性格的人，易于站在平等位置上更好地与嘉宾展开讨论。

在完成上述过程之后，你作为主持人还要考虑自己出场亮相时的一句精彩的开场白，并着手弄明白以下几点：

第一点：我要选择何种语速？节目进行过程中语速是否要变化？今天的重点议题是什么？节目中会出现哪些带有观点性、观念性的问题？

第二点：我与嘉宾交流的语态是怎样的？是强硬的，是委婉的，是直来直去的，还是窥探性的、探讨式的？

第三点：我以何种态度对待嘉宾？是平等交流式，还是倾听请教并逐渐加入认同式？当然，有一点应该坚持，就是不要居高临下，要友好、平和对待。

第四点：我的主持风格要追求何种气质？是学者型的、幽默型的，还是活泼型的？无论选择哪种风格，都要可信，不矫揉造作。

清楚以上四点，主要是为了找到并摆正自己在节目中的位置，以避免变成编导意识的传声筒，或者是只会背稿子的串联者。

在此阶段，我不建议主持人过多地或过早地接触被采访嘉宾，甚至建议大家不要过早地到演播现场，以保持自己要说话、要交流的冲动感和立场；同样，嘉宾对你及你提出问题的新鲜感也是很重要的。同时，要避免交流中的虚假信息和事前设计，特别是在主持即兴脱口秀节目时更要注意。

如果你作为一名主持人，还没有找到自己的状态或者不自信，可以做以下练习；在学校里，有指导教师和同学帮助时，更应多加练习。一个人时，可以先把自己要说的文稿用生活中的常态语言聊出来，聊给自己听听。两个人以上时，可以即兴命题，互相争论、交流，或争辩，或逗趣，或聊天，或将谬论当成论点，或现身说法。无论采用哪种方法，最后一定要清楚表述并确立自己的观点和态度，然后设法关照在场人士的感受。当然，在练习中也可以用讲故事的方式去充分阐述自己的观点，培养自己的语言表达能力。

我在此所说的讲故事，不仅限于日常讲故事的范畴。在字面上理解，要讲的是过去的、已经发生的、有深刻印象的、有动情点的、有美好回忆的、有观点的事情。可以讲童话、讲神话，也可以讲自己的亲身经历。所以，我们在做此类练习时，可以把练习的过程录下来，然后播放给更多人听，多听听大家的感触、大家的意见，看是不是可信、可亲。这是一件很有趣的事情。

与嘉宾互动的技巧

我说了这么多，做这么多的准备，进行这么多的练习，为的还是加强我们在工作中对节目主题的掌控。下面，我就把我能想到的这么多年来在谈话节目中的一些实例和心得，写下来与大家分享。

观众和嘉宾被请来做节目，我是主人，演播厅就是我的会客厅。我是主持人，是最了解节目将要聊些什么内容的人。节目类型不同，接触的嘉宾就会不同，今天可能是社会学者，明天可能是养生专家，后天又可能是育儿专家。嘉宾的性格和阅历也不尽相同，但来的都是客，我们应该既有前瞻性，还要有在现场的迅速判断力。这是很重要的。与嘉宾的交流，既不要一厢情愿，也不能麻木不仁。从交谈的第一句话开始，就要打好基础，力争与嘉宾循序渐进地成为默契的合作伙伴。

根据嘉宾的性格，可以将其分为两类。一类是慢热型。针对这类嘉宾，主持人首先要不卑不亢，然后再慢慢深入，最终达到热情洋溢。当然，这一阶段主持人在现场也要动情，事前还要做好了解和相应的准备工作。另一类嘉宾快人快语，属于给点儿阳光就灿烂型的。此时主持人可以用一见如故的状态去大胆接触，但也要注意：不可一上来就过分自来熟，开过头的玩笑，应该既平等相待，又不乏客气，并且要得法、要适当。

以上是从开场见到嘉宾、观众，通过猜测、相面到察言观色后落座的前戏阶段。那么，接下来应该如何热场，去除与嘉宾之间的隔阂，尽快进入沟通的佳境呢？我在主持生涯中碰到过一些有难度、有特点的案例，总结出了一些小招数。

■ 制造话题，引人入胜

1990年，革命先辈的后代沈大力根据战争年代自己在陕甘宁边区儿童保育院的亲身经历创作的长篇纪实小说《悬崖百合》被改编成电视剧，感人至深，一经播出就在社会上引起了极大轰动。台里决定抓住这一社会热点，做期节目。时任中央电视台副台长的杨伟光和少儿部（现青少节目中心）主任徐家察亲自上阵，撰写采访提纲并几易其稿，让我和当年的孩子、现在的首长级嘉宾以及著名作家、将军座谈。嘉宾有十几人，包括李铁映、伍绍祖、秦新华、韩作黎、萧克等。说实在的，当时现场的气氛很紧张。按照台里既定的采访提纲展开话题，不痛不痒，公事公办，相对简单，但留不下真性情碰撞后的火花。我不愿墨守成规，所以当开场音乐奏响后，我就大胆地抛开既定方案，把这些首长们当成我的叔叔、阿姨，聊起了电视剧《悬崖百合》里的故事，并述说了我的真实感受。台上的嘉宾被我的真情流露打动，争先恐后地说起了当年在马背上长大的趣事和亲身经历的危险。看到嘉宾的情绪已经被调动起来，我准备转换话题，把话筒递给了做过保小（"陕甘宁边区儿童保育院小学部"的简称）校长的韩作黎。韩先生叫着这些嘉宾的小名，如数家珍似的说着每个人的往事。这下子，整个演播室沸腾起来，大家就像围在父母身边的久别重逢的孩子，场面温馨又感人。我借机提议当年的老班长和萧克将军指挥着大家高唱校歌，大家唱着唱着就哽咽了，不一会儿都泪流满面。我用余光观察在现场坐镇的台长和主任，他们的表情由紧张到兴奋，后来也受到嘉宾的感染，逐渐投入其中。

那可是在二十多年前啊，央视从来没有像我这么不听指挥的主持人，完全是目无领导、擅改剧本，但收到的却是意想不到的真情真义的震撼效果。恐怕，这次访谈节目应该算是央视历史上乃至中国电视史上高端访问的第一次真正意义上的脱口秀。

■ 知己知彼，渐入佳境

1993年年初，我准备做一期节目，请著名导演凌子风到孩子们中间聊一聊他童年玩过的游戏和过年时的风俗。凌导欣然接受邀请。为了更多地了解凌导，使节目设置有趣味、有内容，在节目现场有话题可说，我在采访前就主动通过朋友联系到凌导，陪他一起逛北京潘家园古玩市场，与他和师母话家常，大有一见如故之感。录播前，为了使节目内容更丰富，我还帮助凌导查找了许多资料，做了大量的准备工作。录像当天，一进演播室，在小朋友们的簇拥下，凌导聊兴大开。他带来了珍藏的儿时照片，还手把手地教孩子们做冰灯、做芥末墩，节目效果好得出人意料，这可把我乐坏了。因为节目内容太精彩，编导后期也舍不得删减，原来只准备做一期的节目延长到了两期。可以说，当时现场那种其乐融融的情景，我永生难忘！

■ 营造气氛，边玩边聊

1992年年初，我受命到日本东京采访樱花节。拍摄团队在满地樱花的上野公园拉开阵势，但只见孩子们在公园里欢快地游戏，却没有一个人愿意驻足接受我的采访。我这个在国内拥有众多粉丝的"孩子王"受到了冷落。这样的场景，出乎意料，翻译和导演也没了主意。怎么办？我灵机一动，顺手抓住了一个从我身旁跑过的小男孩。男孩微胖，看样子有8岁，我连比画带说地和他玩起了"石头、剪刀、布"的游戏。慢慢地，有几个孩子聚拢过来，我看人数一多，就又带着他们玩起了"老鹰抓小鸡"的游戏。就这样，公园里的孩子都被我吸引过来。即便如此，我也没有马上停下来进行采访，而是又带着他们玩了两三种游戏，直到感觉他们的情绪已经被我调动起来。打好了感情基础，接下来的访谈就顺利多了。节目做完，现场的日本同行也不由得感叹："董先生太神了，他是天生的'孩子王'！"

■ 因人而异，调整姿态

由于工作原因，我们会接触到不同层次的嘉宾。嘉宾的身份不同、受教育程度不同，心理状态也会不同。我们应根据嘉宾的特点，适时调整自己的姿态和心态。

比如，我们与在一定领域甚至社会上有较大影响的重要嘉宾一起做节目时，要尽量使自己慢热一些，层层递进地表达自己的观点，做到渐入佳境。我在

20世纪90年代初策划并主持的《周周开心》，是一档让老首长们与孩子们同台玩乐并零距离交心的游戏节目。嘉宾身份地位很高，但我也没有多余的客套话，都是一视同仁，在游戏面前人人平等。通过游戏的预热，大家相互熟悉了，我再与他们聊心里话时，这些嘉宾就十分尽兴，像孩子一样真诚地与你交流。多年后，彭珮云大姐还拉着我的手亲切地说："我和董浩可是老朋友了，我们还一起做过游戏呢！"

在工作中，我们还有很多机会去灾区、边远山区采访受灾群众或留守儿童，他们没有接触过电视采访，一般在镜头前不善交流，比较胆怯。这时，我们就需要俯下身、蹲下来，用我们的真情温暖他们，比如给他们一个亲人般的拥抱，或者为他们擦擦汗，亲亲孩子们的小脸。在正式采访前，还可以先聊聊家常，找到他们熟悉的话题作为切入点，帮助被采访者逐渐进入自然状态。

■　坦诚相见，求同存异

我在做节目过程中，也遇到过比较有个性的、强势的、较真儿的嘉宾。比如，我主持《爱尚健康》时，就遇到过这样一位老专家。老人家很有学识，也很有名气，但不善交流。做节目时，你说你的，他说他的，抛个包袱过去他也不接，让你头皮发麻。于是，我先是沉默不语，然后找准一个机会，在学术上发难，刺激他一下。当然，我在前一天已经翻看了几本医书，临时抱了抱佛脚。呵，这下他可不干了，一下子就和我辩论起来。看到老先生已经愿意开口说话，我立刻又放下身段，虚心向他请教。我心里却想：嘿，上钩了吧，上钩就好！老专家看我态度认认真真、十分诚恳，觉得我的观点也有些道理，在后半段的节目中，反倒跟着我的话题，很主动、很生动地讲解起来。不打不成交，下台后他就说："董浩很有办法，一针扎到我的穴位上了。"所以，主持人在与嘉宾沟通时，要学会"见人下菜碟"，切忌一味迎合。

■　心中有数，使好"底活"

采访嘉宾时，遇到心思敏感的人，甚至是一生坎坷、不苟言笑的人，怎么办？比如，1993年我就遇到了鲍蕙荞，她是著名乒乓球运动员庄则栋的前妻。她的人生经历十分复杂，接受我的采访时有很大顾虑。鲍大姐生活得太苦了，以至于在观众和镜头前，她的眼神就像一只随时准备逃跑的小鹿。怎么办？我下决心要让鲍大姐笑个痛快。

开始聊天时，我先是谈了自己对她多才多艺、心地善良、出身书香门第的看法，也聊了我对那个特殊年代的认识，我觉得那段时光给我们带来的苦难也是一种人生财富，同时小心翼翼地在赞美她时埋下一个小包袱，就像相声"底活"的使法。我不紧不慢地、三番五次地触碰这个包袱，当我发现她对我已经有认同感后，就突然地将这个笑料的"底活"以看似不经意的态度抖了出来。鲍大姐听完我的话，愣了两秒钟，然后她和我一起大笑起来。后来，一直到节目结束，我们都在笑对人生的状态里聊现在、聊希望、聊未来。我们两个人完全沉浸在一种老友重逢的气氛里。节目录制完成，鲍大姐握着我的手说："你得给我留个电话，大姐闷了要找你聊聊。我已经好多年没这么大笑了！"你看，人与人之间的正能量传递是多么可贵啊！当多年以后，鲍大姐泰然地站在庄则栋和佐佐木敦子身旁对我笑眯眯的时候，我欣慰地说："这就对了，笑对人生多好啊！"

这招儿的使用，大家要记住一点：切忌庸俗，一定要表达真情、真心。在"底活"与铺垫的关系上，我们可以多学习相声艺术中"三翻四抖"再亮包袱的技巧，除了机智以外，更需要真感情。

■ 观点明确，该亮剑时须亮剑

一名有个性的谈话节目主持人，必须对事件和话题有自己明确的观点。在与嘉宾沟通的过程中，该亮剑时须亮剑。这样做，不但不会引起对方的反感，反而会使对方产生棋逢对手、将遇良才的感觉，使自己受到应有的尊重。特别是在较重要、较敏感的话题上，我们必须做到"守土有责"，这是我们应该承担的社会责任。

播音主持行业从业人员，特别是有点儿名气的主持人，他们说的许多话都会被听众、观众和社会舆论放大，在社会上产生较大影响。我在主持节目时就碰到过诸如"面对现有的教育机制，应该如何培养孩子""我们家长如何引导孩子面对学习和考试""家长应该配合学校教育还是按照自己的想法教育孩子""如何处理孩子的早恋"等较为敏感而解决起来又比较复杂的问题。在节目中，当嘉宾的观点与创作组的既定观点不一致时，我们主持人应如何对待？是回避，还是争吵？如何才能掌控演播室的氛围和话题的走向？这的确是个难题。

我认为，这个时候，我们作为主持人首先不要慌张，要认可嘉宾不同意见中的积极一面，保持一种和谐、融洽的研讨氛围，然后再以自己包容、厚道、以诚相待的气场来调节对话气氛。同时，要不失机智地将真情投入其中，以理服人，甚至现身说法，做到既坚持原则，又不以势压人。此外，还可以凭借自己对这些问题的思索和对这方面知识的了解引出观点，自圆其说。如果是直播，则应抓住时机及时收场，下台后再以谦和的态度积极与嘉宾沟通。我在做节目过程中，与一些权威教育家、著名作家，像刘墉、郑渊洁、孙云晓等，都有过正面的交锋和争论，但节目做出来很精彩，我们也因此成了要好的朋友。

这一技巧可以在学习和工作之余，在同学之间、同事之间通过做一些辩论练习加以训练。此外，从事播音主持工作必须常读书、常思考、常接触社会。我一直认为，主持人应该具备雄辩家的本事，否则怎能调动全场氛围胜似闲庭信步？

■ 耳听八方，学会打太极

主持人在节目现场一定要真听、真看、真感觉，切忌心中空空却要扮演学者、专家的角色。学会倾听是成为合格的谈话节目主持人的前提条件，观众和嘉宾现场抛来的机智包袱甚至是难题，主持人一定要及时接住，这是对他人最起码的尊重。如果此时你能神速地将包袱再甩回去，或者化解难题于无形，而又不失幽默，那节目就好看了。这也正是广播电视主持人追求的最高境界——既合情理，又出乎意料。记住：千万别让思想的火花掉在地上！

记得1993年时我做的一期节目，嘉宾是著名作家刘心武和表演艺术家柏寒。柏寒女士上节目时穿了一件造型有些夸张的貂皮大衣。刘先生心直口快，劈头就说："我是动物保护主义者，看到此行头我心里就很别扭……"我一听这话有些火药味，不等他说完，就连忙抢话说道："心武兄，我很认同你的观点。但如果我没有看错的话，您今天也穿了一双皮鞋。""我这是猪皮的。""猪皮？那也是啊——"说到这里，现场的观众、两位嘉宾和我都笑出了眼泪。结果，令人尴尬的气氛消散了，后来节目录制得非常顺利，台上、台下到处是欢歌笑语。

还有一次，我同时采访著名歌唱家李双江和著名画家韩美林。节目现场也是一屋子的观众。一上台我就问他们俩的座右铭是什么。李双江很谨慎地想了半天，说道："台上老虎，台下绵羊。"韩美林可能是嫌李双江太磨叽了，李兄话音刚落，他就大叫一声："我是'没心没肺能活一百岁'。"这个直脾气的韩大哥，这么说让李兄怎么下得来台。我灵机一动，马上补了一句："高，实在是高，一般伟人才有这样的胸怀，很有哲理！双江大哥，您台下在谁的怀里是绵羊啊？"听到这个话题，韩美林也一拍大腿，冲李双江喊："对，老实交代！"后来，双江大哥真情透露了自己与妻子恩爱有加的秘诀，美林大哥也被感染，深情回首往事，节目内容十分好看。这期节目录制完成后，韩美林意犹未尽，搂着我跟李双江，三个人照了张合影。韩大哥说："大、中、小号，咱仨笑起来好像。就此结拜吧！"瞧，录了期节目，就从天上掉下来俩哥哥，岂不快哉！

当然，此招儿带有调侃意味，所以使用时切忌故意卖弄。我就遇到过一回。有位主持人在节目录制现场采访一位海外学习归来的歌唱家。歌唱家说自己在美国进修了三个学位，那位主持人忙说："我知道，您是哈佛搓澡系毕业的吧。"玩笑开过头了，后果可想而知。

以上几条，就是我在主持节目尤其是与嘉宾对话过程中的一些个人经验。我真是太爱主持人这个职业了！只要你用心去琢磨，这一行真是苦也在其中，乐也在其中啊。这可能就是白岩松说的："痛并快乐着！"只愿我写下来的这些许文字，能起到抛砖引玉之效，使我们在主持人岗位上奋斗的年轻的朋友们，能更加主动地面对工作，把快乐和欢笑奉献给大家。

07 妙计七

他山之石，可以攻玉

前文曾经提到，我有幸在三十多年前成为董行佶老师和齐越老师的学生，并在1980—1989年担任中央人民广播电台《文学之窗》《长篇连续广播》栏目的主要朗诵者。在朗诵者与主持人两种艺术状态的实践中，我深深体会到二者蕴含着截然不同的创作规律。我在这两种艺术状态中寻求互补、汲取营养，期待二者相得益彰。这种互动、互补或曰探索，是美妙的，也是有益的。

中央电视台从2005年开始创办《新年新诗会》节目，我参与了多届。我一直认为，这一节目展示了主流电视平台对主流文化的执着追求，它使全国观众每到迎接新的一年之时，就会有一种固定的期待。而且，这一节目的创办也标志着中央电视台对专业主持人业务培训的新突破。这个节目不仅能让众多主持人在共同的舞台上相会、切磋技艺，同时也为年轻主持人提供了一块难啃的"硬骨头"，使他们可以在创作中得到感悟、发现不足、克服浮躁，从而把播音主持当作一门艺术，锲而不舍地追求一生。

这几年参加《新年新诗会》，我欣喜地发现，诗歌朗诵对播音主持技艺的提升作用是巨大的。朗诵可谓是对诗歌的再创作，在诗歌本来的意蕴中，加入了朗诵者的个人风格和思索。通过诗歌朗诵，朗诵者还可以练习气息共鸣、声情并茂地讲故事。下面，我就以自己这几年来参加《新年新诗会》的体会，做简要说明。

我感觉，自己在《新年新诗会》上朗诵的诗是有难度的，风格是多样的，内容的差异性也很大，所以创作起来非常过瘾。

2005年，我朗诵的是闻一多的作品《死水》。这首诗作语言直白、硬朗，情感嬉笑怒骂、淋漓尽致、大气磅礴。全诗首段就开门见山：

> 这是一沟绝望的死水，
>
> 清风吹不起半点漪沦。
>
> 不如多扔些破铜烂铁，
>
> 爽性泼你的剩菜残羹。

在备稿的时候，我并没有拿到诗作就急于上口，而是查找了大量与作者相关的资料。幸运的是，1987年时我曾为葛存壮老师主演的40集电视连续剧《闻一多》中的闻一多配过音，因此很快就找到了自己作为诗人本人的感觉支点，顺利地进入了"我就是闻一多"的大门。接下来，我还对自己的声音进行了设计，定下了以一个壮年男性的、坚定的声音来处理的基调。同时，我努力在自己的生活中找到一些对丑恶事物的愤怒、厌恶的感受，唤起自己欲怒吼、欲发泄的心理渴求。准备工作做足，当我站在镜头前张嘴要朗诵的时候，已经进入一个活生生的诗人的状态了。再加上备稿时我对语气的停连进行了设计，录像时可谓干脆利落、行云流水、一气呵成。

2006年，我朗诵的是苏金伞的作品《埋葬了的爱情》。这是一首抒发个人小情小爱的诗作，与闻一多先生的大情怀相比，两者有天壤之别。

> 那时我们爱得正苦
>
> 常常一同到城外沙丘中漫步
>
> 她用手拢起了一个小小坟茔
>
> 插上几根枯草，说：
>
> 这里埋葬了我们的爱情
>
> 第二天我独自来到这里
>
> 想把那座小沙堆移回家中
>
> 但什么也没有了

秋风在夜间已把它削平

第二年我又去凭吊

沙坡上雨水纵横，像她的泪痕

而沙地里已钻出几粒草芽

远远望去微微泛青

这不是枯草又发了芽

这是我们埋在地下的爱情

生了根

　　显然，诗人在这一作品中想表现的是一个内敛、心重、敢爱的，但又无力掌控自己爱情的失恋者的呻吟。从这首诗的字里行间，你能感受到主人公在思念与无奈中挣扎时的心痛。于是，我彻底丢下了原来真我的自信、大胆、直白的个性，从自己几十年的人生积累中去搜寻失去爱情时的状态，甚至去设想诗人失去的那个"她"的模糊形象和所具有的性格。作品的朗诵基调也就随之迎刃而解了：平和地叙述，情感压抑而无奈。每个字的字头咬着上一个字的字尾，就像从心窝里慢慢抽出的棉丝，带着疼痛，带着血泪，真真切切地摆在大家面前。在朗诵中，我面对镜头，就像面对我的亲人、我最知心的大哥。此时，泪水浸湿了我的双眼。当现场响起经久不息的掌声，我才从我和诗人联手打造的那个"我"中惊醒。至于当时我使用了怎样的声音，每句的节奏如何，在朗诵时是全然不顾的，也是不应该考虑的。

　　2007年，我朗诵的是我国台湾著名诗人痖弦的作品《红玉米》。诗作这样写道：

宣统那年的风吹着

吹着那串红玉米

它就在那儿挂着

挂着

好像整个北方

整个北方的忧郁

都挂在那儿

犹似一些逃学的下午
雪使私塾先生的戒尺冷了
表姊的驴儿就拴在桑树下面
犹似唢呐吹起
道士们喃喃着
祖父的亡灵到京城去还没有回来

犹似叫哥哥的葫芦儿藏在棉袍里
一点点凄凉，一点点温暖
以及铜环滚过岗子
遥见外婆家的荞麦田
便哭了

就是那种红玉米
挂着，久久地
在屋檐底下
宣统那年的风吹着

你们永不懂得
那样的红玉米
它挂在那儿的姿态
和它的颜色
我的南方出生的女儿也不懂得
凡尔哈伦也不懂得

犹似现在
我已老迈
在记忆的屋檐下
红玉米挂着

　　一九五八年的风吹着

　　红玉米挂着

　　我拿到诗稿后，马上查找诗人痖弦的个人背景资料。此人原籍河南，1949年参加国民党军队，并随之去了台湾。诗人的思乡之情与女儿对他思乡之情的漠然，撕扯着已年迈的诗人原本脆弱的心。挂在屋檐下的那串故乡独有的红玉米，像特写镜头似的深深地刻在老人的心上，滴着血，痛在我们的心头。

　　思乡之情！我在自己心中搜寻着，培养着……我想起了儿时住过的北京老胡同、四合院，这些都随着旧城改造已不复存在。我想到了诗人面对大海，望眼欲穿，剩下的只是对往事、对故乡的支离破碎的记忆。一切仿佛都是模糊的，只有红玉米显得那样醒目。而回乡的愿望已成绝望，年事已高的"我"只有喃喃自语，无人诉说，连自己的亲生女儿都不屑倾听、不可理解。可悲！可叹！

　　于是，朗诵时我在声音处理上注意把握一种娓娓倾诉的基调，每个字都咬得很轻，但又出口很慢，显得很沉重。感觉生怕每个字掉到地上一样，就类似于前文所说的"虎衔仔"的状态。准确地说，每个字不是念出来的，而是随着记忆的微风，随着"宣统那年的风""吹"出来的。当我以这种状态朗诵到第一段的"好像整个北方/整个北方的忧郁/都挂在那儿"的时候，我浑身有一种麻麻的感觉，鼻子开始发酸，泪水已经模糊了我的视线。我的主观意识在提醒着自己：太好了，保持住！我抓住了这似乎很难抓住的稍纵即逝的感觉，并把它保持到全诗的结尾处。以至于我朗诵完这首诗的时候，录制现场大约有两三分钟时间鸦雀无声，似乎谁也不忍心打破这浓郁的思乡氛围。

　　那年，恰巧节目组聘请的是台湾地区的配乐师。当配乐师带着最终完成的作品从台湾回北京见到我的时候，他跟我说："台湾的作曲家（也是著名音乐人）和录音师听了你的朗诵，都哭了。"后来，我又听说，节目播出后，电视机前更多的人也哭了。

　　由于2007年朗诵《红玉米》十分成功，我在2008年又接到了朗诵李瑛诗作《蟋蟀》的任务。

　　说来也巧，诗人李瑛和我是同乡，祖籍都是河北省唐山市丰润区。他与我小叔董晓华（《董存瑞》《我们是八路军》《南海长城》《女兵》等影视作品的编剧）都是20世纪40年代投笔从戎的军旅作家，并且还是战友。在李瑛的诸多诗作中，像《蟋蟀》这样纯粹表达思乡之情的作品，是绝无仅有的，愈发显得珍贵。

> 产后的田野疲倦地睡了
> 喧闹如雨的秋声已经退去
> 夜，只剩一个最瘦的音符
> 执着地留下来
> 代替油盏，跳在
> 秋的深处，夜的深处，梦的深处
>
> 轻轻的，胆怯的
> 一只没有家，没有寒衣的蟋蟀
> 躲在我庭院的角落
> 挣扎地颤动着羽翅
> 如一根最红的金属丝
> 从它生命的最深处抽出来
> 颤抖在落叶霜风里
>
> 会叫的白露
> 会叫的霜花
> 是我童年从豆秧下捉到的那一只吗
> 养在陶罐用划茎拨动它的长须
> 现在，我的童年早已枯萎
>
> 而今，我孤凄的叫声
> 像敲打着我永远不会开启的门
> 震撼着我多风多雨的六十个寒暑
> 六十年和今天的距离只有几米
> 但我不能回去
>
> 在秋的深处，夜的深处，梦的深处

一丝凄清的纤细的鸣叫

犹如从遥远传来的回声

激起我心头满海的涛涌

一位历尽沧桑的老人，面对故乡冀东平原那一望无际的原野，夜晚安静得连一根绣花针掉在地上都能听到。没有人会忍心打扰老人的凝思。老人对故土、对童年、对亲人的思念，随着记忆中那轻轻的、颤抖的蟋蟀的鸣叫，由远而近，逐渐清晰……

我找到这些思想感情线的运动依据和支点后，又从自己童年捉蟋蟀以及前些年回到故里，面对一幢幢新楼房，只能凭借几棵大树来寻找自己对小胡同、四合院的记忆的情境和情绪中，准确地找到了"我就是诗人"的自信。情绪酝酿成熟，虽然还未开口，但当我把目光从诗稿上移开的时候，已经热泪盈眶。我对导演和录音师小声地说："我们开始吧。"

在大家的静静等待与配合中，我的声音就像诗中描写的那根最红、最烫的金属丝，从我的胸腔、从我的生命最深处慢慢地抽出来，颤抖在演播室凝重的空气里。这里的"抽出来"和处理《埋葬了的爱情》里的"抽出"不同，显得更沧桑、更肯定、更凝重、更从容。当我从大家的掌声中惊醒的时候，我告诉自己，我成功了。因为，我看到大家的眼中也流出了热泪，烫得就像诗人的泪。

在这首诗的朗诵处理上，我将一种紧拉慢唱的节奏贯穿其中。所谓"紧拉慢唱"，就是内心节奏上的涛涌般的冲动与外部节奏上的字字沉重相结合，形成一种类似作用力与反作用力的纠结感。我把我所有的情感，所有可以唤起的、可以借鉴的情感积累随着我的全身心投入，一点一滴地溢出来。请注意，是溢出来，而不是泼出来，"溢"是有着源源不断的情感支撑的表达。这就为大家描绘出一幅老人面对故乡旷野自言自语，宛如深秋蟋蟀的鸣叫，深沉而悠远的苍凉画卷。

节目播出后，李瑛通过家人委托丰润区政府找到我，邀请我参加在故乡举办的李瑛同志作品专场纪念会，希望我在纪念会上仍然朗诵这首《蟋蟀》。我是多么想在我们故乡的原野上演绎这首我一生难忘的好诗啊！但由于有录像任务，未能如愿。这成为我一生的遗憾！

2009年，我接到《新年新诗会》导演的电话："今年给您一个更难处理的硬骨头！"于是，我又拿到了一首好诗，就是曾卓的作品《老水手的歌》。

老水手坐在岩石上
敞开衣襟，像敞开他的心
面向大海
他的银发在海风中飘动
他呼吸着海的气息
他倾听着海的涛声
他凝望：
无际的远天
灿烂的晚霞
点点的帆影
飞翔的海燕……
他的昏花的眼中
渐渐浮闪着泪光
他低声地唱起了
一支古老的水手的歌
"……海风使我心伤
波涛使我愁
看晚星引来乡梦上心头……"
当年漂泊在大海上
在星光下
他在歌声中听到了
故乡的小溪潺潺流
而今，老年在故乡
他却又路远迢迢地
来看望大海
他怀念大海，向往大海：
风暴，巨浪，暗礁，漩涡
和死亡搏斗而战胜死亡……
壮丽的日出日落

黑暗中灯塔的光芒

新的港口新的梦想……

——呵，闪光的青春

无畏的斗争

生死同心的伙伴

梦境似的大海

"……看晚星引来乡梦上心头"

像老战马悲壮地长啸着怀念旧战场

老水手在歌声中

怀念他真正的故乡

夜来了

海上星星闪烁

涛声应和着歌声

白发的老水手坐在岩石上

面向大海，敞开衣襟

像敞开他的心

诗人曾卓年轻时投身革命，在白色恐怖的年代英勇无畏，他对共产主义的追求无怨无悔。他自比老水手，借诗作抒发了自己老骥伏枥，向往真正的故乡或旧战场——大海。而老水手往日在海上的所有经历，正是一位真正的革命者精彩壮丽人生的写照。白发的诗人以坦荡的胸怀回首往事，你能掂得出诗人那炽热的跳动有力的心的重量。

在处理这首诗时，我向导演提出了一个大胆的创作设想：从诗的开头到"他的昏花的眼中/渐渐浮闪着泪光"一段，以第三人称的语气来朗诵，就像是一位与老人同甘共苦一生的老战友，满怀崇敬地站在老人身后，向世人介绍他的心情与感悟。在处理上，可以放松一些，伸伸腰、踹踹腿，舒展低缓。而从"他低声地唱起了/一支古老的水手的歌"一直到"像老战马悲壮地长啸着怀念旧战场"一段，则以第一人称来处理。这一部分，要更加浓重，相对收敛一些，落地有声。其中，在处理"海风使我心伤……看晚星引来乡梦上心头"时，虽不能真唱，但要让人听出是歌词，所以要处理得似歌唱、似倾诉。特别要注意的是，在朗诵处理跳进跳出的过程中，必须符合整首诗的表现基调，否则就会支离破碎，甚至令人感觉滑稽。应该说，我在以往的诗歌朗诵中是很少使用这种处理方法的，这是比较冒险的一招儿。而且，为了更好地表现诗人追求理想而无怨无悔的性格特征，我又在第一人称的大段诗句处理上采取了大放开、大起伏的方式，在声音上也采取了一些化妆塑造技巧，似老战马的长啸般震撼人心。在全诗的结尾处，我又跳回到第三人称的描述，字字浓情地讴歌了像曾卓一样的老一辈革命家的大情怀、大气魄，带给人一种荡气回肠的感觉。

开机后，我反反复复、主动要求录制了不下六遍，直到自己满意为止。其实，如果延续以前处理《蟋蟀》时的基调，既省力又不冒险，也会有不错的效果。而一旦这样做，我就会因此失去一次难得的在艺术上挑战自我的机会，也就违背了我在朗诵艺术创作中坚持数十年的"忠实于作者，忠实于原著，一切为真实地展现作品服务"的原则。

2010年的《新年新诗会》，作为压轴节目，我朗诵了毛泽东的作品《沁园春·雪》，而且是在大学生中现场朗诵。

这首作品，在20世纪60~70年代可以说是家喻户晓。朗诵过此词的名演员、名播音员，也不在少数。接到任务后，我马上做了大量的案头工作。我查阅史料，发现这首词作于1936年初春。当时，经过长征，中央红军只剩下不到两万人，国民党围追堵截的危险时时压在心头。但是，毛泽东没有被吓倒。为了渡河东征，他登高视察地形。一个南方人，第一次站在莽原之巅，望着陕北大雪纷飞的景色，他抒怀，他畅想，写下了这一流传后世的佳作。

我认为，对于这首词的处理，像以前一些朗诵者那样大喊大叫的方式是不可取的。我理解，毛泽东创作这一作品的过程应该是：远观—沉思—热血沸腾地激动—借古抒怀地喷发。因此，作品的情感表达应该是：渐入—递进—叠加—喷射而出。这样的表达，不是简单地喊叫，而是有血肉、有灵魂地喷涌。

另外，"沁园春"是广为流传的词牌名，讲究词的格律，因此在朗诵时要尤为注意韵律美，做到既朗朗上口，又适切地表情达意。

这首词的第一句：

　　　北国风光，千里冰封，万里雪飘。

我用"虎衔仔"似的轻声，以沉、稳、低的声音和静观、思索的状态，表现出作者与众不同的定力。稳稳的、平缓的轻声，又不失力度，营造出一种开阔、凝重的氛围。

词的第二句：

> 望长城内外，惟余莽莽；大河上下，顿失滔滔。

面对银色的莽原，作者伫立良久，头上、肩上落了厚厚的雪。他孤身一人面对大自然，突然心生敬畏。作者内心虽怀有对困难的烦恼，但在冰冷的鹅毛大雪的刺激下，他豁然开朗，心有顿悟：人生一世，在历史的长河中，只是挥手之间，又算得了什么？！无所畏惧吧，远观方可成大事啊。所以，在诵读的处理上，这句应开始递进。语气在首句的先抑之后，逐渐上扬、给力。语调渐强，但速度还是保持在一种联想、远眺的状态。此时，浪漫色彩油然而生，为下一句做好铺垫。

词的第三、四句：

> 山舞银蛇，原驰蜡象，欲与天公试比高。须晴日，看红装素裹，分外妖娆。

这时，渐渐递进的情感、力度在这一段中稳稳地叠加。在语速上，不但要稳住，甚至还应自然放缓，为聆听者营造出强大的气场，把宽银幕拉得更开阔些。诵读"欲与天公试比高"和"看红光素裹，分外妖娆"时，可以加些格律诗的韵致在其中。一方面，可以借此突出作品的韵律美；另一方面，这也为作者怀古做准备，并表现出作者的文人气质。注意：韵脚字可延长、拖住，但切记不可大喊，而是要找到一种文人的略显得意的状态。因为，此时的作者已将身心融入大自然，从中突然获取了豁然开朗之意境，马上就要借古抒怀了。

词的第五句：

> 江山如此多娇，引无数英雄竞折腰。

此句为转折，情绪、语气、思绪等皆有变化。总而言之，作者想明白了。诵读时的情绪表达，要有如释重负之感，要表现出作者自己渐渐膨胀起来、高大起来，开始居高临下地、宏观地审视历史和世界的气概。所以，我抓住"竞折腰"不放，以音带韵，以韵达意。一下狠狠地又略带俏皮地打在此作品的要害关节点上，也就是"腰眼儿"上。自此，情绪彻底转化，脱胎换骨。

词的第六、七句：

> 惜秦皇汉武，略输文采；唐宗宋祖，稍逊风骚。一代天骄，成吉思汗，只识弯弓射大雕。

这两句，罗列、粗评，反正不是"还行"就是"不怎么样"，幽默、俏皮中又渗透着"一览众山小"的豪迈。文人之气质、伟人之气势，一览无余。这两句最凸显作者的个性和风貌，所以表达时要有滋有味，不可一带而过。最重要的，是要表现出作者居高而视的状态，说清楚，说稳，要有嬉笑怒骂皆成文章的气度。

词的最后一句：

> 俱往矣，数风流人物，还看今朝。

关于这一句，有专家说是作者早想说的，是刻意布局。我倒是觉得，这是作者此时此刻的激情迸发之语。经过大雪的感染，作者的情绪从忧思到释然，再到升华，然后强大到顶天立地的英雄气概，直至最后展现出"老子天下第一"的王者气魄。朗诵者在此时可以抒发甚至爆发一下了。"俱往矣"，就是这个意思。所以，这三个字大可以渐强处理，一个字一个字地从腹腔中"顶"出来，抒发出胸中块垒，也为大高潮、大高峰做准备。最后的"还看今朝"，"还"字一定读古音"huán"；"看"字可拖长一些；"朝"为重音，必须拖住。做到这些，才会尽可能体味并享受到一代伟人毛泽东为我们营造的王者之大气势。

回首几年来参加《新年新诗会》的朗诵实践，感慨颇多。在这里，我最想告诉年轻的同行们以及全国有志于追求朗诵艺术的观众朋友们：要想做好的朗诵者，首先要做好人。做好平时知识的积累和人生阅历的积累是十分重要的。拿到稿子后，不要急于上口，而要从作品的字里行间捕捉作者的心脉跳动，尽快缩短与作者的距离，找到自我的位置。这是比节奏、语气、声音、停连等外部技巧重要得多的事。当然，日常对技巧的磨炼也是必不可少的。但是，正如我前文说过的，当朗诵者面对观众的时候，就千万不要再想这些技巧了；否则，朗诵者那活生生的灵魂将被其杂念吞噬得荡然无存，作者那火热的胸膛也会把朗诵者拒于门外。

08 妙计八

做有阳刚之气的快乐使者

经过大家的不懈努力，如今我国已拥有了自己的少儿频道，我的身后也涌现出了小朋友们喜爱的"哆来咪"哥哥、"绿泡泡"哥哥、"金豆"哥哥等一大批男性少儿电视节目主持人，我再没有当年一枝独开的孤独感了。我真为我的这些同事们高兴，因为他们年富力强，赶上了好时候；我也真为全国的小观众们高兴，因为他们通过电视能学到更多的自信，汲取更多的阳刚之气。

欣喜之余，我也想与我的小老弟们唠上几句，谈谈作为男性少儿电视节目主持人应该具备的素质，给大家提供一些思考与借鉴。

设置男性主持人角色的必要性和重要性

众所周知，独生子女政策在很长一段时间里曾是我国的基本国策，这决定了大部分小朋友在家中是没有兄弟姐妹的。而在孩子从小到大的成长过程中，妈妈照顾得会多一些，双方长辈对隔代人会过分疼爱，幼儿园和中小学的班主任以女老师居多，少儿电视节目中女性主持人比例占绝对优势（当然，现在正在逐步改观）等状况，都会造成我国少年儿童阳刚气质的弱化，长此以往会带来孩子自信心和勇敢精神退化的恶果。这个问题多年之前我就曾在节目中和节目外数次与全国的心理专家、教育专家探讨过，他们都十分认同。1990年我在央视少儿节目中亮相时，就得到了包括专家、学者、领导等各个层面的鼓励，也有此原因，这也是我多年来坚守在少儿电视节目主持人岗位，与孩子们一起共同成长的重要原因之一。

因此，我衷心希望全国的男性同行们，千万不要将主持少儿电视节目当作权宜之计，当成是以后向更"火"的节目进军的跳板，也千万不可只将此看成是一项普通的工作而已。要记住，我们的一举一动都肩负着面向祖国未来的历史使命。为此，我们应坚守住寂寞甚至是清贫。因为我们全身心的努力能给祖国未来的栋梁之材带来更多男性的阳刚与自信，一个阳刚、阳光、自信的民族才是有希望的民族！

男性少儿节目主持人应具备的素质

■ 找准位置，修炼内功

我国电视事业不断发展壮大，节目品类之眼花缭乱，主持人队伍之庞大，真是令人瞠目。但我认为，综观全球少儿电视节目，不管是动画片、短播剧，还是游戏节目，当你将这些节目的外在表现手法剥离后，你会发现：噢，少儿节目的核心部分或终极目的还是教育。千万要有这样的意识，无论是蹦蹦跳跳还是侃侃而谈，比收视率更重要的是，我们正在面对中华民族的未来，我们在帮助少年儿童快乐成长的同时，自己也在成长。我们有责任为儿童的成长贡献甚至是牺牲我们的生命。这一点，是我们区别于成人节目主持人最主要的一点。位置找准了，存在找对了，当你再次面对孩子们的时候，你将是一个自爱意识极强的、生龙活虎的、真诚的人！还要注意的是：存在决定意识。任何机智幽默的技巧和手段都要服从于我们的存在和使命；否则，我们所有外在的东西将变得扭曲，就连笑容也会变得虚假。

■　注意外在形象，苦练技巧

位置找准了，感觉有了，主持节目中的外在形象、气质等问题便会迎刃而解。关于外在形象和气质问题，我认为有以下几点是需要特别注意的。

其一，在衣着上，随着我国改革开放的不断深入以及信息量的无限加大，我们主持人衣着上的许多清规戒律已经是昨天的事了。放眼望去，全国主持人的着装可以说是百花齐放，很是养眼。但是，由于中央电视台少儿频道是面向全国小朋友的信息平台，男性少儿节目主持人的着装，我个人认为，在自己穿着舒心、舒服的同时，还应注意衣着的性别特点。也就是说，如果不是剧情需要一定要穿，男主持人尽量不要穿女装，身上不要有太多女性化的装饰，尤其是脖子上不要系女式的彩色丝巾。另外，发型上不要留奇异的"朋克头"，不要把头发染成金黄色，更不要留过肩的长发以及梳小辫子，等等。

其二，在姿态和动作上，男性少儿节目主持人应以阳光阳刚、大方舒展、自律自信为荣，以做作扭捏、伸手就是兰花指为耻；以健康向上为荣，以故作散漫为耻。总之，以朴实但不邋遢，轻松但不轻浮，亲切而不失真诚，幽默风趣而不油滑卖弄为上品。

其三，在气质和角色上，男性少儿节目主持人要时时蹲下与孩子们平视，以邻家大哥哥或叔叔的心态和情怀与孩子们心贴心地玩到一起，真切地向孩子们学习，学习他们身上的纯真和善良，并在寓教于乐中完成我们的主持、串联任务。

总之，男性少儿节目主持人应该是一位性别特征一目了然、落落大方、健康爽朗、亲切真诚的"好哥哥""好叔叔"。读到这儿，大家可能会说，这么多要求有必要吗？我的回答是：很有必要！因为我们不仅要承担主持人的职责，还应把孩子们的成长时刻放在心上，切不可因为自己一时的疏忽大意，而使孩子们盲目模仿，酿成大错。因为，孩子们是真诚的，他们一旦接受了你，认可了你，是全身心的。儿童所处的这个年龄阶段又是极其喜欢模仿的，我们应该有这个意识。特别是中央电视台的男性少儿节目主持人，更应做到心中有孩子、心中有使命，不然也容易使自身的一些小毛病被地方电视台的"兄弟们"模仿。这一点，也是我多年来引以为戒的。

■ 注重个人修养，做多才多艺的杂家

无论从事哪项艺术，个人的思想情操和知识积累方面的修养都应被放在首位。一般来说，修养重要于技巧本身。如果只有技巧而没有创作者本人的思想感情波动的内核，那么，外在的技巧再纯熟也是无源之水、无本之木，非但不能打动人，还会使人感觉肉麻。特别是我们主持的是少儿节目，少年时代是人生中最敏感的阶段，儿童认可一名节目主持人，除了理性分析和了解之外，更多的是依靠直觉。因此，我们在主持工作中哪怕有一分钟的思想上的空白或微小的动作，都会给孩子们带来关注或刺激，而有的时候甚至是误会。这一点，我们必须有清醒的认识。

众所周知，一个人优秀品质和情操的形成，绝不是短时期的事，是靠大量阅读、思考积累起来的，而这个过程来不得半点马虎，也没有捷径。尽管努力的过程是艰苦的，但一旦完成了这一过程，你再创作的时候就会有事半功倍的感受。哪怕是和学龄前的小朋友做游戏，你头脑中想的、心里装的目标都会有所升华。修养到了，目标纯正了，你的眼神，你的手势，你的姿态，你的语言，就都会充满丰富的情感，行云流水，魅力四射，孩子们和你就会畅游在爱与善的长河中，分享彼此的喜悦。

那么，主持人在个人修养上应做哪些方面的积累，具备哪些本领呢？我想，还是应该从我们面对的节目种类上做如下分析。

如果将电视节目进行大致划分，可以分为新闻、专栏、娱乐、游戏、访谈、歌舞等几大类。一般来说，成人节目主持人只需要具备主持其中的一类或两类节目的能力即可应付。例如，一位平时做娱乐专栏的主持人，可能在逢年过节时主持一次大型直播或录播文艺晚会就可以了。但是，以上几种分类在少儿节目中看起来界线就模糊了许多。比如，少儿频道的任何一档专栏节目中都有和孩子们的

互动，而孩子们都是多才多艺的，或者说孩子们对音、体、美的求知是多方面的，所以我们在与孩子们的互动中也应该表现出自己的多才多艺。少儿节目主持人应该会跳舞、会唱歌、会运动、会绘画、会朗诵、会讲故事、会器乐演奏、会演短剧和小品，当然，更要会访谈、会播报，再加上一点儿机智和幽默就更好了。此外，男性主持人还应有健壮的体魄和阳刚的气质。大家可能会有疑问：这么多的学科知识以及技巧的积累，是不是太吓人了？我的回答是：这还不足够！上面说的这些只是解决了外部技巧所需要的技术层面的问题，更为重要的还是个人修养的习得。

少年儿童是祖国的未来，也是正在成长、正在被塑造的一代。一名合格的主持人要有对祖国的责任感，应该清楚地意识到，你的一举一动会直接影响孩子们的未来。因此，少儿节目主持人肩负的责任要比成人节目主持人重百倍。我们要知道，一些成人节目中可以使用的主持手法，少儿节目主持人是坚决不能使用的。少儿节目主持人一定要想到自己寓教于乐的使命，并通过自己的不懈学习，努力成为一名准教育学家、社会学家、心理学家。只有这样，才能真正胜任国家和组织交给我们的"引领成长、开拓未来"的任务。正所谓孩子的问题无小事，一切为了孩子，为了孩子的一切。所以，少儿节目主持人除了本职工作外，还应积极地投身到社会教育、社会公德等方面的工作中，努力提升自己的思想水平，更大地扩展自己的视野；否则，如果大家只把自己看作"主持匠"，是会误人子弟的，同时也会缩短自己事业的征程。

以上是我二十多年来专职从事少儿节目主持人工作的一些体会和拙见，虽然不全面，但也有抛砖引玉之心。试想，如果未来的男性少儿节目主持人在从业时根本不考虑这些问题，而只顾所谓的个人形象、自己的风格、自己的成名，那将是非常可怕的。

现如今，在成人节目中，主持人有时需要最大限度地放大自我，成为众人眼里的偶像；而在少儿节目中，主持人却要尽量蹲下来和孩子们玩在一起、打成一片，润物细无声地成为孩子们离不开的真正的好朋友。前者中可能会有一夜成名、一夜成星之人，后者可能要半世清贫、独享寂寞，但少儿节目主持人心中是富足的，因为他们引领着祖国未来主人翁的成长方向。

为了在退休之际问心无愧，为了让中华民族的未来更加阳刚，年轻的同行们，努力吧！

09 妙计九

融会贯通地播讲故事

我播讲故事的经历，如果从8岁在《小喇叭》中的朗诵开始计算，恐怕得有近50年了；就是从1977年开始正式在广播电台播讲故事算起，也有38个年头了。我播讲过的故事涉及种类较多，包括：低幼童话（《小马过河》等）、科技童话（《小鸟撞翻大飞机》等）、战斗英雄故事（《邱少云》等）、历史寓言故事（《孔子拜师》等）、古典名著故事（《西游记》等）……这其中积累的经验教训真是不少，今天总算能坐下来整理一番，以供同行参考。

备稿过程中的技巧

我通常把从拿到故事稿后到坐在镜头、话筒前播讲故事的阶段（也就是备稿阶段），梳理为以下几个环节。

1. 熟悉稿件

清楚播讲的是什么故事，哪些相关事件不明白；如果是历史故事、科技童话等，还要适当地请教专家或翻阅专业书帮助了解、消化。

2. 分析主题

明白作者为什么写这个故事，故事的主题是什么，为什么用这种手法写。尽快完成从看稿人到写故事人的转换。

3. 设想听众和观众

设身处地地从受众的角度提出对播讲故事相关氛围上的、知识方面的要求，以尽快获得面对镜头和话筒时心理上的观众视像，更好地进入播讲状态，为演播做好准备工作。

4. 设计播讲方式和方法

除语气、重音、停连等常规播讲技巧之外，还要花费心思营造故事的氛围空间。

■ 熟悉稿件

这个环节要做的就是把故事稿从头至尾默读给自己听。什么地方有趣，哪些内容不明白，都要做到心中有数，这是播讲的基础和前提。当然，手边还需准备一本字典，不要当"白字先生"。至于一些有特殊历史背景的故事，则必须彻底弄明白，不能只是直着嗓子照本宣科。例如，几年前我播讲的古典名著《水浒传》，一开篇就是："话说大宋仁宗天子在位，嘉祐三年三月三日五更三点，天子驾坐紫宸殿，受百官朝贺……"如果想在播讲时呈现自信自如的状态，单靠背诵是不行的，必须查阅史料，了解当时的历史背景。也要查查字典，落实一下

"更"(gēng)字等多音字的读音，讲究点儿总是好的。至于故事中涉及的历史人物，更要细查资料，才不至于闹出笑话。总不能播讲完《子路背米孝双亲》的故事，还不知道子路是何许人吧？

随着教育对儿童科普的重视，20世纪90年代开始涌现出一批科技寓言故事，寓科学知识于故事之中，深得孩子们的欢迎。由于知识所限，我们大部分少儿节目主持人对此内容并不十分了解，因此在准备此类稿件时，更要虚心请教，不能不懂装懂，误人子弟。1996年，我在《大风车》中播讲《中国科学寓言故事》的时候，常常为了一个自己不明白的科技知识翻阅很多科普读物，甚至三番五次地给作者和相关专家打电话请教。像《小鸟撞翻大飞机》(范江作)、《林中闹"鬼"》(徐象烈作)、《牛胆里的石头》(陈必铮作)等，都必须要研究明白那些与故事相关的诸如航天、氧化碳的阻燃、牛黄的产生等科技知识。不然，连稿件内容是什么自己都心里没底，即使勉强播讲出去，观众（听众）也不知所云，根本达不到传播知识、寓教于乐的播讲效果。

■　**分析主题**

这个环节就是要通过分析弄明白：你为什么要播讲这个故事；通过这个故事想让孩子们了解什么内容；为什么非得以幽默或其他方式进行播讲；这篇故事的动情点或这则笑话的包袱在哪儿；等等。大家可千万别小看这个环节，讲故事人的兴奋点和播讲欲望正是通过此环节获得的。过了这一关，播讲者的位置就基本上与写故事人在相同坐标上了。比如，通过对故事的分析，我们可以知道：《岳母刺字》《邱少云》等，主要是帮助青少年树立精忠报国、小我服从大我的集体英雄主义的意识；《小马过河》《小蝌蚪找妈妈》等，主要是向孩子们展现一种友爱、互助、美好的亲情空间；《邓小平的童年》《孟母三迁》等，则主要通过向孩子们介绍历史上著名人物成长的历程，使其明白高尚情操的重要性。而正是以上这些分析定位，影响了播讲者播讲故事时的情感思维线运动的走向、表达技巧的设计与体现。想想看，你总不至于用相同的语气、语调、声音力度去播讲《邱少云》和《小马过河》吧？

■ 设想听众和观众

这一环节我也把它称为"设计氛围的营造"。设想听众和观众环节在准备其他类型稿件时并不显得十分重要，只需稍微想一想就可以了。但是，这一环节对故事播讲者来说，却是至关重要的。记得我十几岁时曾向孙敬修爷爷学过如何讲故事，他对我说："你回去以后找几个比你小的同学，给他们讲故事。一开始，他们会跑开，这是正常的；等到他们不跑了，你就成功了一半；什么时候他们追着你，嚷嚷着要听故事了，你也就学会讲故事了。"我一直记着这些话。

一般来说，给学龄前的孩子讲故事时，语速要慢一点儿，语气要柔一点儿，起伏要缓一点儿。而面对7岁以上的少年儿童时，要注意，他们比我们小时候接受的新鲜资讯和信息要多得多，而且更新速度很快，求知欲更高。因此，我们不能以不变应万变。给他们讲故事的时候，结构安排、语言技巧、声音变化都必须来得更快捷、更鲜明。这样看来，在播讲故事时，设想听众和观众的作用就非常重要了，因为它直接关系着氛围的营造和语言技巧的表达。正所谓"给什么人讲故事，就要用什么样的语气"，要做到有的放矢。

■ 设计播讲方式和方法

这一环节主要解决怎样播讲的问题，这也是对前面几个备稿环节的总体检验。我们知道，播任何稿件之前都必须考虑：什么地方要停顿，什么地方是重音，什么地方要特殊强调，什么地方语速要慢，什么地方语气要上扬，等等。对于播讲故事来说，除了要考虑这些基础问题外，更需要特别强调的是氛围的营造。这主要包括：或身临其境、或娓娓道来的叙述，声如其人的角色处理，风雷车船、牛马猪羊的象声模仿，以及虚实语气的搭配，等等。

就拿故事的开头来说吧，有先声夺人的："呜——呜——，一阵北风过后，黄沙弥漫。嗖！从一块大石头后面蹿出来一只大花猫。"还有这样开头的："喔喔喔——，不知从哪里传来了蟋蟀的叫声。"这时，播讲者就不能只是念字，还得有口技模仿的本领。

还有叙述式的开头，如："从前，有座山。"或者是："王小二，大名叫王明晓。中等个儿，大嘴，大眼，红鼻头儿。"这时，语气要干脆，不可拖泥带水。另外，还有开头先唱歌的："'哎——红区干部是好作风，自带干粮去办公呀!……'一支山歌过后，从山坳里大步走出一个黑大汉。"这时，你必须还得唱几句，唱得还要有出处。当然，故事开头的方式还有很多，在此恕不赘述，关键是要懂得因势而变。

至于播讲故事过程中需要设计、处理的地方就更多了：情节越扣人心弦，讲述节奏越要缓慢，这叫"紧拉慢唱"；慢慢讲，先留有余地，然后突然上扬，这叫"先抑后扬"；用轻松明快的语气也能表达一种情境；此外还有声音的运用、气息的调整……要是细说起来，还真不得了。我在这里要强调的是：所有处理技巧的发掘，都要符合播讲者对收视、收听氛围的营造，要让大家越听越想听。这一点，又是建立在播讲者对播讲任务的理解上的，绝对不是花架子。

至此，备稿阶段就完成了。根据上文所述，备稿过程大致可以归纳成图9-1所示流程。

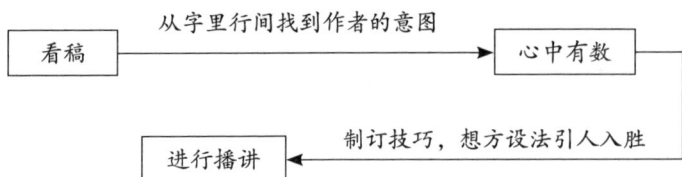

```
┌──────┐   从字里行间找到作者的意图   ┌────────┐
│ 看稿 │ ─────────────────────────→ │ 心中有数 │
└──────┘                            └────────┘
                                         │
┌────────┐   制订技巧，想方设法引人入胜      │
│ 进行播讲 │ ←───────────────────────────┘
└────────┘
```

图 9-1　播讲故事备稿阶段流程图

播讲故事时需注意的问题

■　播讲状态的调整

很多播讲者都有这样的体会，初次讲故事时，总是私下里背得滚瓜烂熟，面对镜头时就脑袋空空，做好的准备工作都烟消云散了。讲的人紧张，听的人乏味。出现这种状态的主要原因，有以下几点。

1. 过于注重技巧

播讲者坐在镜头、话筒前，所有技巧上的安排、设计一起涌上心头，这些原本是扶手和拐杖的有益之物，一下子变成了束缚播讲者情感表达的镣铐。甚至，有的播讲者连发声的位置都要一句一想，结果一个故事还没讲完，就已经声嘶力竭、浑身大汗，听故事的人却莫名其妙、不知其所云。

2. 没动真感情

播讲者备稿时，没从故事内容出发，没能抓住"为什么讲"这一关键环节。如果播讲者只是单纯追求语调上的变化，千篇一律，形成模式，缺乏真情实感，一旦成为习惯就很难纠正。

3. 情绪太紧张

出现这类问题，多存在以下两种原因：一是准备工作做得不认真、不到位；二是做准备时太有想法，期望值过高，结果适得其反，只能端着架子、硬着头皮往下讲，造成情绪无法调控，全身肌肉僵硬。

那么，怎样才能获得最佳的播讲状态呢？"解铃还须系铃人。"播讲者只能从理解上多下功夫——到底为什么讲故事，把故事讲给这些观众（听众）能达到什么目的，这些问题必须考虑清楚，这样才能尽快获得一种创作冲动：这个故事太有意思了，我一定要讲给他们听！

如果是在现场讲故事，播讲者可以就近盯住一位观众与其交流，或者把摄像机当作自己的播讲对象。尤其需要注意的是：要播好开头。万事开头难，有一个好的开始，播讲者就可以顺其自然地进入故事，越讲越投入，自如自在的状态就会在不知不觉中笑眯眯地等着播讲者了。

还有，播讲者在备稿阶段所做的任何设计都应该紧贴故事走，而不能左右故事的情节。如果播讲者在播讲过程中能加上一些眼神、表情、手势、形体动作和气息等的配合，再闪现一两个即兴的火花，那就更好了。当出现这种火花时，播讲者千万别太得意，要赶紧抓住它，让它帮助自己调动更大的激情，绽放更璀璨的光芒。到那时，播讲者就会与自己所营造的故事氛围融为一体。一旦获得了这种状态，播讲者平时语言技巧的积累、开播前的准备都会产生作用，使播讲者能够超水平发挥。每当此时，播讲者会觉得浑身有使不完的力气，肌肉充满弹性，表情和手势自然得体，气息通畅，控制自如。这就达到了语言表达艺术的最高境界：以情带声、声情并茂，气托声、声传情，放得开、收得拢。当然，这绝不是一朝一夕就能达到的，需要不懈地实践和磨炼。

■ 播讲者的角色处理

1. 播讲者与故事中角色的语气转换

这一点主要依赖于播讲者对音色的"化妆"。我在播讲《西游记》时，曾设计过近百个角色的声音。我的经验是，这种声音的变化主要是在神似上下功夫。

2. 播讲者身份的角色定位

在播音主持生涯中，我曾以"大鸟""大青蛙""老爷爷""叔叔""哥哥""影迷宫宫主"等不同身份播讲过故事。我的感受是，播讲者除了要关照角色的转换外，还要时刻牢记故事本身的主题及播讲任务之所在，这样才能在各种角色中自由转换、不着痕迹。

其实，播讲故事也难也不难：如若平时不积累多方面的知识及表演技巧，不深入吃透稿件，想讲好故事的确很难；但如若平时勤学苦练，再加上热爱观众（听众），一旦能够抓住故事的主线，掌握"从整体到局部，又从局部到整体"的分析稿件的真功夫，播讲时全神贯注，渐入佳境就不是难事了。

我相信：讲故事这种寓教于乐、观众（听众）喜闻乐见的艺术形式，一定会在广播电视的百花园中永远美丽绽放。

10 妙计十

科学使用和保护声带

众所周知，播音员、主持人和演员一样，都是吃开口饭的。因此，嗓子好用是至关重要的。而主持人、播音员的工作性质和演员有所不同：演员是以表现角色、塑造角色为主旨；播音员和主持人则不提倡"演"，而要真实地表现自我，尽可能以本来的面貌完成不同体裁、不同题材的稿件。因此，我认为，播音员和主持人的声音形态应该是自然的、自如的、较生活化的。当然，在大型晚会和诗歌朗诵会等场合，可能存在一些需要塑造、装饰声音的因素，但是这种塑造或声音最终呈现的状态，还是处在"表现"的范畴，而不是"表演"的范畴。说了这么多，我不过是想告诉同行们：如果想以最好的声音状态投入播音、主持工作，使我们的声音以较为自然的形态适应忙碌的工作节奏，并永葆其完美，科学地使用和保护声带是十分重要的。

总结自己三十多年的播音主持创作实践，我认为以下两点尤其需要关注。

注意保养和保护声带

我们知道，声带是发声器官的主要组成部分。人的声带位于喉腔中部，左右对称，富有弹性。两声带间的裂隙是"声门裂"。当我们发声时，两侧声带拉紧，声门裂变窄甚至几乎关闭，气流不断冲击声带，引起振动，就产生了声音。声带能否正常拉紧，使声门裂受到有规律的控制，从而发出自己设想的声音，声带本身的质量和状态是很重要的。因此，我们只有像保护其他器官一样，善待我们的声带，尽心呵护它，到用兵之时它才不会罢工。

首先，在日常生活中我们要不抽烟、少喝酒，不吃过于刺激的食物。并且，要多休息，特别是开工前的睡眠更要保证。尽量按照这些注意事项做，可以避免发声器官充血，以免带病工作，造成声带的不可修复损伤。这一点是很容易理解的，这就像运动员，在赛前或大运动量的比赛后都要放松、休息，避免肌肉长时间处于紧张状态，否则就会引起炎症。像我的一些同行，患有慢性咽炎，就是长期在声带充血的状态下工作的结果。

就拿演播前的休息来说吧，我记得自己年轻时曾向著名歌唱家寇家伦学习声乐，又跟随著名播音员齐越学习朗诵。两位老师给我上第一节课时，都不约而同地讲到了声带的保护和生活中的禁忌。寇老师还举例说，每当他晚上有演出的时候，家里来了再重要的客人，到点他也要去睡上一觉，哪怕是只有十几分钟的一小觉。不然，用寇老师的话说，他上台就唱不动了。就是因为注意这些日常生活细节，寇老师七十多岁时还能登台演唱，宝刀不老。其实，我也深有体会，开工前的小睡能够放松身心，使我们在工作时更精神、更清醒。

注意工作前声音状态的准备

这里，我想把这种声音准备工作分为两类：心理准备和生理准备。

■ 心理准备

声带是两条肌肉，但又不是一般的肌肉，它比腿部和胳膊上的肌肉要娇嫩得多。并且，在使用时越忘记它的存在越好使。换句话说，声带在工作状态下，是靠它周边的环状肌和括约肌的调节，在气息的支撑下，下意识地、放松地工作的。这有点儿像古筝上的琴弦，是被动的。所以，在工作时你越想人为控制它，它就越紧张，过紧后就极容易充血和发炎。因此，在播音和主持时，心理上一定要放松，要有自信，就像不要把琴弦拧得过紧一样。像有些播音员，平时说多少话都没有问题，一通知要直播了，反倒哑了嗓子，甚至失声。有些声音条件很好的播音员，就因为这样，不得不提早改行。

总结自己的体会，我认为，播前保持轻松、愉悦的心情是必须要做的心理准备之一。大家可以采取适合自己的方法调节心理，比如在内心说服自己："没问题，这真是一篇很有意思的稿件，我一定能行的！"总之，要让自己在较松弛的心态下逐渐进入预备状态。当然，大家还可以根据自己的习惯，跑几步，跳一跳，或者闻闻花香，哼几首喜欢的小曲等，以获得愉悦的心理暗示。

在心理唤醒工作结束后，就可以进入生理准备阶段了。

■ 生理准备

1．长期的准备

其一，要有一个强壮的、健康的身体，提高自身免疫力，尽量减少感冒。其二，在日常练习中要打好呼吸基础，加强唇、舌、齿喷弹力量的训练。正所谓，两头紧、中间松、抓两头、带中间。有气沉丹田的气息支点，再加上唇、舌、齿的力量调动，喉头肌肉就会得到解放。其三，还要自如地掌握声音立度和力度的练习，克服发音卡、扁、压的毛病，给声带减负。其四，在生理上还要进行唤醒服务，一般都是在清晨精神较好时或开工前进行，多以练声的形式由弱到强地进行。其五，在感冒等特殊生理情况下，要少用声甚至噤声，不要"顶风作案"，以免声带疲劳、充血，产生病症。

2．短期的播前准备和注意事项

在工作前，一般不提倡吃得太饱或喝得太多，以免因饱腹感打嗝或将食物残

在节目现场，和蒙古族小姑娘边唱边跳

渣呛入气管。开工前的进食、饮水应至少提前30分钟进行，工作中尽量不要饮水，因为水会冲去我们口腔和喉部的津液，而这些正是滋润发声器官的重要外在条件。所以，常有同行说：平时工作起来越紧张越找水喝，但往往越喝越渴。可能有人会说了：听说一些老演员和名角儿在工作时还得备着茶水，甚至要端着小酒儿呢。其实，这都是不科学的做法。我猜想：他们或许会因此习惯情形而获得一种心理上的暗示和支持？不得而知。当然，如果太渴时，可以喝口水润润嗓子，但水温不可太烫，更不可太凉，因为骤冷骤热极易造成声带括约肌的失控，并因此而失声。

另外，据我三十多年的工作体会，在工作前或日常练习中，可以着重练习呼吸、发声过程中声带的"预应力"。所谓"预应力"，说白了就是用多大气息冲击喉头，也就是发声肌肉群特别是声带肌肉能被振动成什么状态。这类练习非常有助于我们对发声器官的生理准备。在做预应力练习时，口型和口腔保持发"哈"音的状态，从弱到强，短促地发音。然后细心体会，那种感觉就像忘记了声带的位置和存在，注意力可集中在丹田和口腔上腭两个点上，力求声音明亮。发声练习到最后一个"哈"时，可以拖住，体会这种美妙的和谐感觉。坚持这类练习，对保护声带和改善发声状态必有奇效。

注意，我反复提到"感觉"这两个字。其实，大凡艺术，特别是我们的播音主持艺术，感觉是尤为重要的。艺术的灵魂就是感觉，研习艺术的过程依靠感觉，对艺术的欣赏也是在寻找感觉。因此，我的同行们，但愿你们能从上文中找到一些感觉去唤醒自己更多的感觉。那么，我写下的这些文字，也就实现了我抛砖引玉的初衷。

11 妙计十一

做好小节目

正如我前文所说，自己从事播音主持工作已经38年了。回首自己的成长，往事如烟，有精彩，更有遗憾。此时，总想总结出一些带有规律性的体会来，和年轻的主持人们以及尚在播音主持专业学习的同学们分享。

思来想去，不管是我自己还是任何一位在不同时期大家叫得出名字来的主持人，我们的成长都有一个逐渐地"从奴隶到将军"的过程。除极少数主持人有爆红天下、花开一瞬的个案，每个从正常入行到渐入佳境再到让观众（听众）喜爱和记住的主持人，都是从小节目开始，一步一步脚踏实地做起来的。这其中，有泪水，更多的是汗水；有等待，更多的是拼搏。

在名主持人中，这样的例子举不胜举。比如：温文尔雅的孙小梅，刚入行是在总编室，主持《下周荧屏》和《节目预告》。这类预告性节目的工作量非常大，但她一干就是十几年，被大家称为"央视叫早儿的人和最晚跟观众说再见的人"。孙小梅本来就多才多艺，再加上肯埋头苦干，全国观众都为她那真诚的微笑所倾倒，所以她主持的虽是"小节目"，却拥有粉丝无数。正是因为这样的历练，再后来她不论主持大型晚会还是文艺类、健康类节目，都是落落大方、游刃有余。

　　再比如老毕——毕福剑，他可以说是目前央视文艺类节目主持人中最为忙碌的。我这本书稿，等他半年，一直没等来他满口答应要为我写的文章；书快出版了，他才紧赶慢赶地交了作业。可当老毕还是小毕的时候，他只是专题部的一名摄影记者。说实话，按照全国播音专业的初试、复试标准，他都很难通过。但是，当他追随"中国首次远征北极点科学考察队"远赴北极，出色地完成了直播采访任务，在全国父老面前"一哭定天下"后，他还是做了大量功课的。请注意，老毕的功课，并不是大练特练"吃葡萄不吐葡萄皮……"之类口头上的功夫，而是在亮相前，自己组织团队，自己策划节目，自己做制片人、总策划、总导演，然后才上台做了主持人。应该说，他真是"福剑"，有福啊！在老毕出现以前，整个央视乃至全国电视台都喊过"采、编、播"合一。在这个当口儿，毕福剑策划、主持了《梦想剧场》，我认为，他是真正意义上的主持人自己管理并拉起一支队伍吹拉弹唱的第一人。我、孙小梅、鞠萍、陈铎、罗京等，都参与了老毕第一轮创品牌阶段的节目制作。后来的《星光大道》等节目，毕福剑是越干越勇。他扬长避短，原来被专家视为缺点的那些问题，现在倒成了老毕坚挺的风格和个性，是他深受观众喜爱的源泉。但是，如果老毕当年没有兢兢业业地耕耘好自己的一亩三分地，在最初的编导生涯中加以积累，以及自己在琴棋书画和表演、歌唱等方面的不断求索、磨炼，就只是这么一个大节目像天上掉馅饼一样砸在他头上，反倒是件要命的事。在我的职业生涯中，在央视的舞台上，领导指定、照本宣科、装腔作势、盲目煽情、故作幽默的主持人，就像走马灯，你方唱罢我登场。像"毕姥爷"这么个"小眼睛一眨计上心头"的并不漂亮的主持人，倒真是靠智慧、幽默和纯爷们儿的形象，真实地接地气，就像胡同里邻家的大小子那样走入了千家万户，成为央视不可多得的常青树，也确定了他创作道路上的百姓风格。

　　不放弃小节目，不放弃小机会，不放弃自己的风格，认认真真对待每个可能实现梦想的十字路口，是这些成名主持人的必由之路。在演艺界，其实也是这样。20世纪80年代中期，我曾经给著名影视制片人李洋（现已定居澳大利亚，《北京人在悉尼》的出品人）投资5 800元，在当时居然拍了一部上下集的影视作品《三人行》。李洋自己演了一个角色，谭小燕（《便衣警察》的女主角）演女主角，另一个参演者就是现在的著名演员葛优。葛优和李洋是铁哥们儿，几乎不要报酬，戏也少得可怜。但葛优很珍 惜这次机会，表演与众不同，这才有了后来的一发不可收。

另一位著名演员张涵予，还是初中三年级学生时就和我天天钻录音棚配音。一开始，配的也是小角色，后来一是先天条件得天独厚，再就是天天守着录音机反复听上海电影译制厂译制的电影录音剪辑，很快就成了和我肩并肩奋战的"台柱子"，也成了我的好哥们儿。在配音界攀到高峰后，又经过多年的拼搏，涵予从小角色一点一点地演到了《集结号》中的谷子地。而他多年来在语言台词上的锤炼，也为他的表演增光添彩。

真为这些老朋友们高兴，但我也深深地了解他们的不易！

今后，随着体制的改革，我们干的这项事业的大环境会越来越合理。当然，出名的机遇与下岗的风险也都多了起来，这是必然的，也是正常的。所以，年轻人加油吧！多几手本领总比没有强吧，精细总比泛泛而谈强吧，这是为了发展事业，也是为了生存。我相信，过去那种找叔叔阿姨们写个条儿，和某位主管领导拉拉关系就能一步登台的事，将越来越少，直至消亡。

12 妙计十二

秉持性格，铸炼风格

谁的性格？当然是主持人的了。谁的风格？当然是节目风格了。请记住，在节目中假哭、假笑、假煽情，不放入个人真性情的主持人，早晚会让观众（听众）识破；一个没有鲜明风格和特点的节目，也早晚会被淘汰。可以这样说，主持人的个性与节目内容的完美结合，形成了一个节目自身理想的风格和特点。而这种结合过程以及在过程中产生的特色和风格，也是观众所企盼的，并不是某人、某指示强加上去的。因而，这是科学的创作道路，也是一档好节目必须走的正确的发展道路。

这样，我们交谈的主题就出来了：主持人性格和节目风格如何完美地结合呢？

结合方式

■　因人策划节目

正所谓量体裁衣。这种结合方式，对主持人来说，最痛快！但可遇不可求。当然，也不能说没有。比如在前些年，也常有一张批条带来个大美女，分析美人性格，再开设节目的情况。但现在细想起来，这些美女主持人多是做报幕式、背词式的工作，忙忙碌碌混个脸儿熟，就跳槽或转行了。今天，我们不议论这些八卦了，因其不具有学术价值。但我倒认为，这样的结合，节目成活率、成功率是极高的，寿命也会比那些应景型的节目长。只要领导慧眼识人，主持人充分展现，这就是机遇和积累的最完美碰撞。这就像电影编导先碰到让自己眼前一亮的演员，然后再根据演员个性为其量身打造一部戏一样。

这样的成功案例，毕福剑算一个。根据主持人的个性来编排节目，主持人的每句话就都烙上了深深的个人标签，所有的行为都是顺意而为，不必抻着、够着地去适应节目。而这些标签汇总起来，就形成了节目的风格。在央视，《星光大道》的创作班底不变，节目风格不变，节目却越来越火，创历史奇迹，原因就在于此。从事电视传媒工作的老同行们都知道，央视再红火的节目，除了像《正大综艺》这种极为特殊的签订了终身契约的节目，基本上3～5年就要破旧立新。不知为什么，"改版，改版，家常便饭"。

■ 因节目挑选人

这种结合方法，就是先有了节目，再找主持人。说得不恰当的，就好像家中有个傻小子，家人到处张罗对象。大多数主持人，包括我在内，在以前的体制下，都是这样被"招亲"来的。当然，"媒人"说得好极了，但"小两口"一过日子，问题还真不少。除了"离婚"的，那就得硬着头皮过下去，还得让外人瞧着过得挺好。这就有学问了。我这个和央视还未"离婚"的老人儿，主要想说说这一点。

主持人的个性是指在节目中的个性。这话听起来挺拗口，但工作中可半点折扣都不能打。特别是实况直播节目，特别是在央视、卫视供职的主持人，更要坚持这一原则。所以，这里的个性发挥是有限度的，是要有益于节目的。比如：在主持选美节目时，你在台上挖鼻孔，那可不是个性。刚入行的年轻人，面对节目时，一定要先找找节目的主要任务，找找在完成节目任务的过程中，自己性格中的哪些因素能够对上号。要在认真、深入了解节目的前提下，逐渐探索、形成自己的主持风格。如果在一个阶段的合作、创作中，主持人个性与节目格格不入，可以考虑换换节目。这样的事，在我们那时是不允许的，也是不敢想的。但我多年的主持经验告诉我，这是必须的，也是应该的。就像离婚的双方，也不全都是陈世美。理智地分手，是为了把生活过得更好。不然，在创作中自己就会感到压力巨大、出力不讨好，节目也会形成硬伤、受到巨大影响。举个不恰当的例子，如果非得让毕福剑去主持新闻联播，估计他再努力也是毫无意义的事。

当然，如果通过努力可以走到底，那又何乐而不为呢？比如我自己，想当初是一个30岁的大男人当"孩子王"，和孩子们从陌生到熟悉，再到相互喜爱，直到忘不了。个中艰辛，刻骨啊！但是，当我现在在世界的任何一个角落，当这些"70后""80后""90后"乃至"00后"见到我时说"我们是看着您的节目长大的"，我心中的幸福也是别人享受不到的。每当这时，我都拍着他们的肩膀说："哈，我是你们看着长大的！"

如何结合

这是我要依凭自己的从业经验，着重分析的。干脆，我现身说法，拿自己开刀。

■ 找到二者的共同点

一边是自己，一边是节目。干不干，自己定；怎么干，也是自己想。通常，年轻人经过奋斗，被广播、电视媒体录用，都是这样的。很难，特别是像我这样遇到了不适合自己特质的节目，更是这样。当时，北京电视台、中央电视台的名导演策划的文艺类节目、谈话类节目等，都在与我接触、沟通，有意向让我去做主持人。但央视的少儿节目《天地之间》的主持人位置，也是自己经过努力得来的，失不再来啊！我这个北京长大的纯爷们儿有自己的性格，做不到像鞠萍姐姐似的一笑就那么职业啊。怎么办呢？我一咬牙，边干边学吧！

我突然想起了1975年我为参加油画展，创作《上学路上》那张小朋友扶盲老人大雪中过马路的油画的情形。为了创作这幅两平方米的大油画，我曾三次去盲人工厂写生，画了很多老工人的肖像。我还曾冒着鹅毛大雪，在修建中的二环路上画以北京长话大楼为背景的雪景。对，不能闭门造车！于是，我骑车跑到我的小学、中学母校，访老师，问学生。然后，又跑了北京很多小学、中学，就问孩子们两个问题：你们想看什么样的节目？什么形式的节目？回来后，我又和编导、节目组的同事们集思广益，自己参与策划、撰稿，跑赞助、做制片等。这样一番折腾后，首先，我自信了；另外，我也从自己的天性中找到了真诚、孩子般的透明、快人快语、幽默等易于与孩子们沟通，也是孩子们所需要的气质和个性。正好，这也和节目想要完成的任务结合起来了。后来的情形，大家可以回忆——"中国第一阿舅"因此脱颖而出。

■ 尊重二者的区别性

性格加入主持风格，要有分寸，切忌"演"。这点只能从自我的修为、学习中找途径，正所谓"功夫在诗外"也。要有自己的见解和态度。那些做作的、苍白的背词和煽情，我们见得还少吗？究其根源，就是文化的欠缺。要上接文化、下接地气，做一名有灵魂的、有气质的、真实的主持人。这样，加上主持人个性有条件地与节目主旨相结合，节目就好看了！

我的同行中，像水均益、白岩松的评述类节目之所以被观众喜欢，就是因为他们时时有自己的观点和灵魂的真溢出。这是多么难能可贵啊！崔永元的《实话实说》和毕福剑的《梦想剧场》，看得之所以过瘾，也是因为这二位的智慧、机智以及个体的人生观点行云流水，可见得他们的良苦用心。包括李瑞英、李修平播报《新闻联播》，看似简单，但她们的每一瞥、每一笑都带有自己的性格、气质以及节目中应把握的大国大气度的范儿，可以说是润物无声。我的同事鞠萍姐姐、花姐姐、金龟子撇家舍业、坚守岗位，传帮带好新人，又是那么的无私。在与孩子们的玩耍中，我们完成着民族和人民交付的引领下一代成长的光荣使命。

所以，在以上两点都做到后，还要做到：一旦节目成功，自己成为名主持人后，不要骄傲，要感恩创作集体，继续以平常心面对观众、面对未来。这样，节目才能永葆魅力，人也显得更可爱，自己才能真正形成展现个性风采的独特的主持风格。

朋友们，切记：走正道，"人间正道是沧桑"！

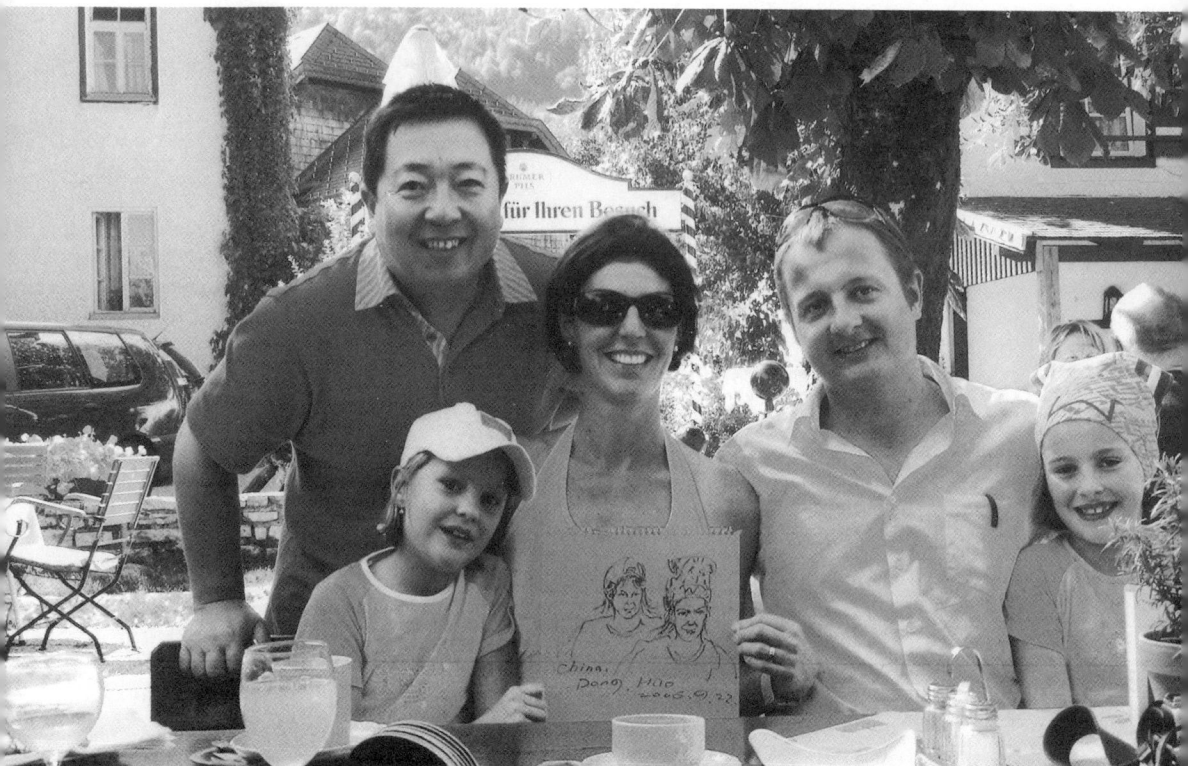

在欧洲主持美食节目之余，秀了一把画画儿

中　编　画里话外

人生
选择

1.如何成功迈出走向社会的第一步

您从工作之初就立志要做一名优秀的少儿节目主持人吗？像我们这些即将毕业的学生，如何迈出自己走向社会的第一步呢？

"

我刚进入广播电视行业时，在北京人民广播电台当新闻播音员。除了播新闻，还朗诵长篇、中篇、短篇小说并为译制片配音。当时，我很忙。光是为进口动画片配音，我就从《铁臂阿童木》到《米老鼠和唐老鸭》，前前后后做了有几百集。后来，我顺理成章地以'米老鼠'和'董浩叔叔'的头衔调入中央电视台少儿部。这是我个人走上社会的经历。

我认为，刚入行的时候，不要好高骛远，对工作挑三拣四。哪怕是当剧务、当场记，只要在工作，就可以边干边学。正所谓'骑着驴找马'，大明星周星驰不也是从跑龙套开始入行的。只要有过硬的技术和本领，机会永远是给有准备、有理想的年轻人的。

"

刚入行时对工作不要挑三拣四不要好高骛远机会也许就在平凡中等着你 董浩题记

机房

2.怎样处理主持风格被定型问题

提起您的名字，大家很自然地就会想到您主持的少儿节目。那么，您是如何看待主持人被定型这个问题的？

"

主持人被定型，不一定是件坏事，看你怎么理解。这起码说明，你适合主持一种类型的节目，并取得了成功，受到观众认可，有自己的拥护者。但是，如果换了节目类型你就难以驾驭，也是一种悲哀。因为，优秀的节目主持人应该有适应不同类型节目，并能因势而变的能力。这就是我们常说的'一专多能'。而我们要使自己具备这样的素养，就应该在较熟练地掌握播音主持技巧的同时，博览群书，以万变应万变，而不是以不变应万变。可以说，播音员、主持人工作的最高境界是创作，也就是展现自身'功夫在诗外'的积淀。

当然，有时候这种风格定型是身不由己的，不是因为自己能力的原因，而是出于各种因素自己被局限住了。套用句网络流行语，可谓'躺着也中枪'。但这也恰恰说明，你在台上不够自如，不能更好地展现自我。因为，只有像孔雀开屏那样，让导演、制片人看到你身上符合他们设想的人选要素，你才能获得更多的青睐，才有机会尝试不同类型的主持风格，不断证明自己的价值。

"

主持人被定型并不是一件坏事我也曾被定型侧率正关键看你是不是用心于建洪並记

3.圈内同行不易相处怎么办

我是一名播音主持行业从业人员。我个人感觉，跟圈外的朋友相处时很融洽，但跟同行相处，总有一些芥蒂。我该怎样做，才能打开心结？

> 在目前充满激烈竞争的职场中，并不是每个人都能心存善意、友好待人。古人就有同行是冤家的说法。那么，应该怎么办？首先，要随缘、细心，处处为他人着想，不是原则性的问题，能谦让的尽量谦让。特别是在荣誉面前，莫伸手太快。可以在老同志中找一两位对自己印象好的，自己相处起来也不觉得别扭的，主动向对方靠拢，敞开心怀，多交流、多谈心、多学习。人嘛，都是感情动物，时间长了，感情深了，慢慢就会好起来。
>
> 但是，如果你很排斥以上这些做法，又有什么办法呢？我就曾写过几个大字贴在办公桌上：世上无难事，只要肯登攀。然后，我关起门来一心读书、一心苦练。别人下班了，我自己加班到夜里12点，在机房里练习播讲各种文体的稿件。一年之后，成效显著，我成了全台的业务尖子。台里的名记者和社会上的名作家纷纷点名让我播讲他们撰写的稿件，朗诵他们的作品。业务上的突飞猛进博得了同事们的尊重，再加上我真诚做人、踏实做事的风格也获得了好些同事的认可，慢慢地就在工作中找到了知己。所以，什么事都没有绝对的答案，重要的是你想怎样做事、怎样做人。正所谓'心想事成''事在人为'也！

4.遭受批评后怎样调整心态

我现在主持了一档文艺节目，反响不错。但我也听到有些人不做调查就说批评的话语，很难过，甚至很气愤。不知道您在工作中是如何处理这类问题的？

"

你选择了主持人这个职业，就意味着你将成为公众人物；公众人物只有依靠公众的支持、关注，才能生存和发展，因而要有所担当。不是有句老话叫'众口难调'吗？有批评甚至是讽刺，都是正常的。我在工作中也遇到过碰巧传到自己耳朵里的讽刺话：'这不是老黄瓜刷绿漆吗？'听到不顺耳的话，不要着急，要有良好的心态。关键在于我们要意识到：自己存在的价值是什么？如果因为一句嘲讽就抑郁了，那只能说明你不适合干这个行当。

批评的声音在，说明关注的目光也在。只要把这些哪怕是人身攻击的话语当成我们检讨自己、提升业务能力的动力和借鉴，把负能量转化成积极的正能量，我们就能在这条战线上干得持久、干得精彩，干出自己的一片天地，赢得更多人的肯定。

"

闹入行会有
各种说法众
口难调要善
于将这些转
化指正能量
和成长的动力
不可太脆弱
邻怕而对人身攻击·
董浩画并记

5.如何突破节目对性别的限制

您认为不同类型的节目对主持人的性别有特殊要求吗？
比如，是不是有些节目只能由女性来主持，而有些节目只能
由男性来主持呢？

"

当然，节目类型不同，可能会有一定的性别倾向。有些
节目对主持人的性别有具体要求，比如体力消耗较大、情绪
大起大落的节目，或者是要掌控大场合的紧张节奏和氛围的
节目，像足球比赛、大力士比赛的主持，还有规模较大的集
体角逐赛类节目（如《城市之间》）的主持等。除此之外，也
没有什么绝对不可以的。你看，按理说与孩子们打交道女性
更有优势，但我从20世纪90年代初就开始主持少儿节目，不
也干得挺好吗？

所以，要想干好工作，我们考虑的重点不是自己的性别
是否适合节目，而是自己的个性和特长、特点如何向主持的
节目靠拢。要像爱护自己的孩子一样热爱我们主持的节目，
不要挑挑拣拣，而要专心地浇水、施肥、育苗，用自己的辛
勤劳动去呵护节目，直至它长成参天大树。

当然，如果自己与节目之间的契合度确实太低，也可以
在观看其他类型节目的过程中，适当结合自己的特点，思考
将来主持哪一类节目更合适、更出彩。这可不是'吃着碗里
瞧着锅里'，而是提前做好准备，这样机会到来时，你才能够
抓住、抓牢。

"

我们要研究自己的个性再考虑如何靠拢自己屹立持的节目特色这样才可转做到得心应手事半功倍董浩画记

职业
态度

6.幕后工作者怎样走到台前

我大学时学的是播音主持专业，但进入职场后一直从事幕后工作。现在，我很希望能够走到台前，做一名主持人。我该怎样做才能取得成功呢？

"

其实，我们这一行里的不少名人，都出现过像你这样的情况。比如毕福剑、崔永元、水均益等，工作之初都不是做主持人。但大量的幕后工作做下来，他们受益匪浅。这些积淀使得他们在主持节目时，能更全面地了解节目的构思和意图，把握好主持人的地位和作用。这样一来，坏事反倒变成了好事。我们中央电视台青少节目中心也有这样的实例：有个年轻人在学校学的是播音专业，但工作了好几年都是做机房技术员，后来他在主持人公开招聘时脱颖而出，成了专职主持人。

总之，只要心中的希望之火不灭，不管现在从事的是什么工作，功夫不负有心人，厚积薄发，定有实现自己梦想的一天。

"

能有机会做兼长工作这对今后走上前台
是大有益处的多面手
全能人才是我们一直提倡
的 肇浩 记

7.搭档之间不协调怎么办

有时候,节目组替我选择的搭档与我不合拍，在衔接上常常出现问题。碰到这样的搭档，该如何处理呢?

"

搭档之间如果是好朋友，彼此了解、脾气相投，一铺一垫、一唱一和，的确自己舒服，观众也舒服。但是，在工作中我也遇到过搭档在气质、风格甚至表达方式上迥然不同的情况。你想来点儿小幽默，人家不接；你想妙语连珠，人家不留缝儿。我认为，在这种时候，你可以开诚布公地和搭档商量。如果还没有改观，你在主持节目时可以在衔接处稍稍地多留出一点儿时间。这样，既不会以硬碰硬，也不失对搭档的尊重。

切记：搭档之间一荣俱荣、一损俱损，万不能台下不沟通，台上使绊子，那样会两败俱伤、全盘皆输的。

"

在电视节目主持工作中，搭档是非常重要的，既要真诚相待，更要相互适应容忍，默契两败俱伤，节目必会受大的影响。董浩记

8.男性少儿节目主持人如何做才能受欢迎

我认为，女主持人温柔、细致，孩子们更愿意亲近。而男性少儿节目主持人不具备这些优势，又如何得到孩子们的喜爱呢？请您现身说法。

"

我一直在呼吁，希望能有更多的男性加入少儿节目主持人的队伍。我自己的体会是，男性身上的阳刚之气也是吸引孩子的重要砝码。因为，一个缺乏刚毅和坚强精神的民族，是没有希望的民族。大多数儿童在成长期接触女性的时间较长，我认为，如果电视、广播中的少儿节目再都由女性主持，恐怕对儿童健全人格的形成和培养是不利的。

男性少儿节目主持人一定要坚守自己的性别特点，切忌盲目模仿女性主持人，甚至变得娘娘腔。男性主持人可以通过语言和动作给孩子们带来勇气、力量，而这些正是女性主持人所较少给予的。同时，男性主持人还能给孩子们带来安全感，潜移默化地培养他们性格中顶天立地、天不怕地不怕的素质。可以说，男性少儿节目主持人扮演的角色就像是家庭中的父亲，只要我们能够放下身段与孩子们平等交流，展现自己慈爱又不失威严的一面，用活力和动感去激励孩子们，他们一定会越来越喜欢我们的。

"

要时刻牢记我们是公众人物,特别是在少儿节目中尤要注意。男主持本星不要太娘、腔要知道一介石刚强过纱女性化的民族是没有希望的要时刻有使命感。墨浩墨记

9.主持人必须注重个人形象吗

我声音条件比较好，形象一般。上学期间有不少节目找
我配音，但都没有出镜。您既做过广播电台主持人，又做过
电视台主持人，您认为个人形象对主持人真的那么重要吗？

"

我理解的形象，是一个宽泛的概念，它不是仅指'帅哥
美女'这种外在的样貌。在我看来，气质、声音、态度、样
貌综合在一起，才塑造出了一名主持人的整体个人形象。声
音好或者样貌好，只是形象中的一个方面，重要的是要形成
自己独有的气质。

只要你有深厚的学识积淀，有理论水平，有真知灼见，
表达自信、从容，形成个人风格不是什么难事。当你发现
有越来越多的观众（听众）喜欢你的时候，就会建立起自
信，并逐渐强化自己的主持（播音）风格，从而达到'物
我两忘'的自由之境。到那时，你已铸造出知行合一的整
体形象，个人样貌变成锦上添花的事物，就显得没有那么
重要了。

"

形象好只好再注意平日的学习积累

丰富自己的知识并持之以恒此乃我们主持

人的正道放松业务学习是一生的大事也 董卿题

图书馆

10.少儿节目主持人会受年龄制约吗

随着一批又一批观众的成长，少儿节目主持人也在变老，与新观众的代沟不断增大，这是现实状况。那么，您是如何处理这种矛盾的？

"

主持少儿节目，年龄不是问题，关键要看你是不是真心地爱孩子。就像在家庭中，无论是多大年龄的孩子，都不会排斥爷爷、伯伯、爸爸对自己的关爱。

要知道，真心不老！只要心中有爱，有使命感，心态就永远不会老，就没有与孩子们的代沟。即使样貌老到白胡子一大把，但对孩子们的关爱不变，反倒因为在孩子堆里混久了，越发了解他们，知道他们的所思、所想，就更容易成为彼此的朋友。像孙敬修爷爷，讲了一辈子故事，影响了几代人。大家都觉得，他年岁越大故事讲得越生动、越精彩，这不就是很好的明证吗？

"

在少儿节目主持的行业中年龄不是硬指标根本的指标是看你是否真心地爱孩子我们都有怀念童年自己的希三年岁大丁而怀疑他时我你的喜呀真心真诚业务精良才是我们追求羽童洪影记

播音
艺术

11.非播音主持专业学生要练哪些基本功

我是校园广播电台的主持人，但学的不是播音专业。每次回放节目录音时，我总感觉有很多欠缺之处。我需要练习哪些基本功，才能成为一名合格的主持人呢？

"

上中学时，我连续5年担任学校广播站的播音员，这为我的播音主持生涯奠定了基础。刚开始的时候，我也总想着一步就成为大牌播音员，有一个阶段甚至想字字、句句模仿电台广播里那些知名播音员的语调。当我感觉自己与他们差距很大时，也会垂头丧气、不自信。后来，我发现，校园广播里播报的新闻和事件，无论从内容上还是从分量上看，都带有明显的校园色彩，是无法与中央人民广播电台中的新闻、专题播报相比的。如果一味模仿下去，会给人一种小题大做之感，甚至让人感觉是故弄玄虚的怪腔调。所以，我们还是应该从实际出发，研究播讲的基调，这才是一条正确的创作道路。在这一前提下，再训练自己吐字归音和情感表达的基本功，使自己的声音更洪亮、更持久，把自己的意图和思想表达得更清楚。

切记：这是一个循序渐进的过程，不要急于求成，要充满自信；否则，心急吃不了热豆腐，欲速则不达。

"

刚入行往往有的年轻人早就有
自己喜欢的名主持人，学人家的经验无可厚非
但盲目模仿是要吃亏的，是学了学人家表面
上的东西，反应倒是失去了三硬的创作方向。先走自我

12.怎样说好普通话

我嗓音不错，但普通话不太标准，带有较浓重的家乡口音。我想报考播音主持专业，该怎样做才能说好普通话呢？

"

要知道，普通话是主持人的看家本领，也是最起码的功夫。如果你想报考播音主持专业，说好普通话是敲门砖。你从小受家乡话的影响，带有一些口音，也是难免的。重要的是你要目标明确，肯下苦功夫。

从我的实践经验来说，可以随身携带一本字典，每天的空闲时间就翻看字典，按照拼音一个字一个字地练习；如果有条件，还可以录下来，然后回放录音，自己给自己校正。当然，如果能找到有多年播音经验的老播音员，定期给自己进行指导和辅导，那就更好了。关键是要持之以恒，坚持天天练，从单字到词组，到成语，到短句，到诗歌，再到短文，循序渐进，必有成效。

"

鲁说如何易通话是我们看家的本事推广普通话是飞来的天职的天职这一点是不会改变的因此爱在普通话上下苦功真功率不浮半点偷巧重洁

13.播音时如何充分调动激情

我在广播电台做主持人。主持节目时因为不是直接面对观众，我常常不能尽快调动自己的情绪，显得激情不足。我该如何做，才能克服这一弱点呢？

"

广播电台主持人在主持节目时，虽然现场没有观众，但自己心中要有观众。当然，广播电台主持人和电视台主持人的最大区别就在于，你的激情、机智和幽默的发挥主要靠语速、语气等语言技巧，缺乏表情和形体的辅助。换句话说，你再激情四射、手舞足蹈，哪怕是把鞋脱了站在桌子上主持，听众也是不知道的。

所以，广播电台主持人在入行之初，就要把眼前硬邦邦的话筒当成自己的好朋友。如果有搭档，一定要认真聆听搭档说的话，注意观察其表情，然后做出适当的反应。切不可你播你的，我看我的下一段台词。同时，如果有听众互动环节，要认真地思考听众与自己互动时的每一个细微情节，甚至是一声轻轻的叹息。然后，有感而发，在原有播出稿的基础上把'我'放进去，放到一个人在解答自己好朋友提出的问题的角度和位置，既不居高临下，又不盲目迎合。这样，每句话就都是有生命的、有色彩的、有观点的、有性格的。此时，你想表达的激情就会随着你的思想和语言，自然而然地如行云流水般滋润听众的心田。

"

真心真意
真性情
有感
而发
方可使
自己激情
四溢并
可打动感
染观听众
才会使大
家信任你
才会更受大家
喜爱 董浩题

14.何种训练能让声音更洪亮

我的嗓音偏柔细，音量不大。我看很多专业课老师在大讲堂上课时，不用麦克风，声音也能传很远，而且有磁性。不知道有没有什么窍门，能让我的声音更洪亮？

"

我猜，你的嗓音较柔细，共鸣就小，声音不洪亮是难免的。这就需要通过训练，克服先天条件的不足。比如，每天早上起床后喊喊嗓子，做气息和发声练习。此外，还可以加强身体锻炼，跑跑步，打打球，这样胸肌会更加有力，共鸣腔也会随之增大。

如果通过这些训练还不能达到理想状态，可以扬长避短。比如，在播音时离话筒近些，柔细的声音被麦克风扩散后，会撩人心弦，给人带来亲切、柔和之感，使人如沐春风，形成自己独特的播音风格。总之，要在干中学，在干中探索，逐渐找到适合自己的发声方法和表达方式，从而适应工作的需要。

"

广播节目
主持人更要
功夫特别是正
播时反应快
是一方面
还要言之
有物有学问
真有那么感
即使是录播
时也要心中装着
听众这样才能不虚才能动真情才能感
有听众的真心的母朋友因比如果我真有
下辈子我愿做一名电台的主持人 重浩燕记

15.播音时要控制自己的情绪吗

我是一个情绪较易受外界影响的人，在一些直播节目中，激动起来会忘记自己的身份，说话语速加快，语调也会升高。有些人说这是主持的大忌，您怎么认为？

"

易激动，说明你有想法、有激情，总比'三锥子扎不出一滴血来'的性格要好。这是优点，证明你适合干主持人这一行。

但是，激情的迸发要有沉稳的衬托。这就像歌曲创作，如果都是高音'哆'，就没有旋律可言，更谈不上美感了。一张一弛，欲扬先抑，欲抑先扬，这才得法。同时，除了能够娴熟地运用技巧外，还要多读书、多积累、多修炼，方可成大器。要知道，没有内容的、发泄式的大喊大叫是空洞的，不是真正意义上的激情迸发，千万要不得。

我相信，你经过一个阶段的有意识的磨炼与实践，会逐渐形成自己的主持风格，早日被听众接受和喜爱。

"

主持人的激情，不是没有文化支撑。演出来的盲目的煽情应是有感而发，要有准确的理解做支撑，否则是可笑的嬉洽

主持
技巧

16.主持节目时忘词怎么办

由于紧张，我主持节目时会在现场忘词，而且不知所措，非常尴尬。请问，您碰到这类突发情况时，是如何处理的？

"

我们都是凡人，难免在主持节目时出现差错。我在播音主持行业中已干了38年，现在还常常做梦梦到自己在直播节目中忘词、播错。我觉得，错了不怕，怕的是错得没有道理，错了自己还意识不到。我们把这种情形叫'灵魂出窍'。而要防止此类错误出现，就须认真备稿、深入研讨。我们虽不求能一字不差地背诵下来，最起码也要把每句话经过自己的理解再阐释出来。这样，才能把节目组提供的文稿变成自己想要表达的话说出来。

如果做到这些，还是不可避免地出了错，也不要紧，大大方方地改过来就是，千万不要影响后面的内容。更不要搔首弄姿、吐舌头，或者小里小气地红着脸乞求大家原谅，这样都显得你没有涵养。当然，如果你能在出错时很机智、幽默地打个圆场补救回来，则实属难能可贵。

总之，在主持节目时要想避免出错，就应在上台前认真准备，还要锻炼自己强大的心理素质。此外，也有一些有效方法，比如：在有可能说错或说不明白的地方，把节奏改变一下；也可以找编导根据自己的表达习惯，适当修改文稿。

"

首先我们应
敬业求量避免失误但一旦出了错不要惊
扎及时纠正就是了另外要总结教
防止以后再错特别是低级的失误董浩
慌

17.只要口才好就能做主持人吗

一些非新闻类节目主持人语言非常流畅，但思想表达比较浅薄，让人感觉没有内涵。那么，是不是只要口才好，就能做主持人呢？

" 口才好是做主持人的基本要求，否则你在台上都不能自圆其说，又如何让观众信服呢？

但是，要做一名合格的主持人，绝不是仅有伶俐的口齿就可以了。那种照本宣科，靠背词就能应付主持工作的时代已经一去不复返了。所以，主持行业的激烈竞争迫使主持人要博览群书，不断充实自己，这样才能有立足之地。同时，主持人要有厚度，对人生和社会问题等有自己独到的认识，在台上做一个立体的人，而不是平面的人，赢得观众的喜爱。

在这个问题上，没有捷径可走，只有加强学习，不断提升修为。 "

长好当然是做主持人的必备之条件呈
然而这不是唯一的但是是非常重要的
维洪基记

18.怎样跟大牌嘉宾互动

娱乐节目邀请的嘉宾多是一些当红明星，作为主持人，我在与他们交流时心里没底，只能照本宣科；而且，有些嘉宾态度比较傲慢，沟通起来有困难。我该怎么办？

"

刚入行的年轻主持人在采访著名艺人时，心情紧张是自然的，也是合理的；说不定嘉宾中还有自己疯狂追过的大明星，情绪激动是人之常情。需要注意的是，越在这种情况下，越要多问。对于那些起初拒人于千里之外的嘉宾，在相互尊重的前提下，多了解其背景资料，敞开心扉地真诚聊天，会产生很好的效果。谁都不是一下子就成为明星的，都有一个求索的过程。如果你是求知欲高、敬业的年轻人，明星会在你身上看到自己的影子，把你当成朋友或者孩子般去交谈。

另外，主持人必须有虚心之态，要主动沟通，不怕碰钉子；如果遇见困难就退缩，只会更加不自信，越发紧张，最终结结巴巴、语不成句。这种状态如不及时而快速地解决，还会形成条件反射，今后一见嘉宾、一见镜头就紧张，后患无穷！

"

在节目中采访嘉宾并与之聊天，是主持人常用的功夫，特别是在采访名人时一定要先做好案头准备，为了解嘉宾要事先在录像之前听真诚地主动地跟嘉宾沟通，相互都增进了解，不要腼腆，彼此都是要通人走过来的生活作画 斯钰

19. 如何解决台上台下判若两人的问题

　　我在台下往往能够谈笑风生，但上台后脑袋就一片空白，不知道怎么和搭档配合，对于嘉宾说的话也不知如何接茬。我是不是不适合做主持人呢？

"

　　　　一般来说，人在台上说话、表演和在台下都是不一样的，但这种差别因人而异：有人表征较轻，能够自己克服；有人因为杂念过多，情况复杂，甚至出现浑身发抖、'灵魂出窍'的状况。此时，集中精力是首要任务。无私无畏天地宽，主持人站在台上和镜头前，就要把观众当成朋友，按照脚本的规划，努力地、全神贯注地完成主持任务。

　　　　在这里，我要强调的是：每个人在人前人后、台上台下、镜头前镜头后的心情都绝对不可能是一样的。特别是在大型直播晚会上，转播倒计时一结束，自己开口前的一刹那，整个人都会心脏狂跳不已。主持人一定要抓住这一激动的瞬间，将其转化为兴奋状态和新鲜感觉，调动自己的情绪，并且保持住，使自己在舞台上永远激情满怀、光彩四溢。这时，切不可为了压制内心的紧张情绪，而摆出无所谓的油腔滑调。重要的是控制节奏、调整心态，做到紧拉慢唱、心中有底。这样，你的台风自然会有大气势、大气象，你也可一展大家之风范。

"

20.应该背稿还是备稿

您在主持节目时，会用编导准备好的稿子，还是自己
准备稿件、自由发挥呢？我作为刚入行的新人，能更多地
发挥自己的创造力吗？

"

我们所从事的广播电视工作，是一个多部门、多人员紧
密配合、共同协作的极具集体主义精神的工作，所以要有团
队意识。我们的一举一动都会对相关部门、相关人员产生影
响，因而尊重他人是最基本的相处之道。编导是一档节目的
灵魂，他们要通盘考虑，负责全面工作，而我们只负责一个
环节的工作，看到的是一个点。编导提供给我们的台词脚本，
是渗透了编导意图和节目主旨的，也是一档节目之根本，所
以不可太偏离脚本，过于即兴。

刚入行的新人，还在摸索阶段，应更多地在工作中寻找
规律，使自身与工作更为融洽。以后，随着工作逐渐熟练，
你也会形成自己看问题的角度和观点，此时可以真诚地主动
找编导沟通和探讨。当你已经在主持人中崭露头角，形成自
己的主持风格后，节目组和编导在准备稿件时也会适当考虑
你的特点，尽力挖掘你与节目的共性。此时，你就可以充分
发挥能动性，给节目适时地、即兴地加入一些小色彩、小浪
花，让节目更精彩、更好看。

"

我一直认为在工作中对稿件和脚本中我们不太理解的知识点和句子千万不要客气一定要主动找编辑和撰稿沟通但我也不主张在不主动沟通的情况下自己擅自改动脚本和稿件这样做一方面不尊重他人的劳动在工作中也会铸成大错

鞠萍姐姐、董浩叔叔代表着一个时代

报考播音员

1977年，北京人民广播电台面向社会招考播音员。我的姐夫有一位战友，他的爱人是北京人民广播电台著名播音员良静。我是在姐夫家遇到良静大姐的，她一听我的声音就说："你的声音太好听了！你是不是去考一下我们广播电台的播音员呢？我们马上就要公开招考了。"

我知道，这是一个太难得的机会，一定不能输！

在听到消息后的两个星期里，我练习朗诵，内容涉及散文和新闻（这两种风格的文体是不能用一种方式朗诵的），同时不间断地听广播。当然，这一切都是在"良师"的指导下进行的。

就这样，两个星期之后的某天，良静大姐告诉我："你来吧，明天考试。"

我就这样挤到了应试的千人大军里。说"千人"，真的是一点儿也不过分。因为当时北京人民广播电台的待考大厅里确实是人头攒动，挥汗成雨。

考生们一个个被带进去。终于，轮到我了。

当时，北京人民广播电台所有不值班的播音员都在现场观摩，评委有12个人。胆小的考生，单是这个阵势也够吓他一跳的。

考试分为三部分：第一部分，要求考生对指定文章进行朗诵；第二部分，考生朗诵自己准备的材料；另外，还要在考场上随机抽选一段新闻让考生照着念。

我被要求朗诵的是杨沫先生的散文《北京的灯光》，难度相当大。我自己准备的朗诵是毛主席的作品《水调歌头》："久有凌云志，重上井冈山……"

朗诵的时候，我对几个作品在感情上的把握都非常准，语气、语调的处理也比较到位，整个朗诵从头到尾一气呵成，没有一点儿磕绊。我对自己的表现相当满意。

考试没多长时间就结束了，评委们给我的结束语是——回家等通知吧。

第二天，良静大姐打来电话，说："董大都，你考上了！"

评委们听厌了"千人一声"的"播音腔"，我天然浑厚、自然又不乏个人感情的嗓音，一下子就抓住了他们。就这样，我从一千多人中脱颖而出，成了最大的黑马。

一个"纵火"未遂者的检查

进入北京人民广播电台后，一扇门为我悄然打开。就像擦亮了神话故事中的那盏"阿拉丁神灯"一样，一个崭新的世界出现在我的眼前。我当时就是这么一种感觉。

最关键的是，我发现自己对于播音事业居然有一种似乎是与生俱来的热爱！

所有的技术都是我要学习的，所有的知识都是我要补充的。我没有一秒钟的迟疑，立刻迎了上去。其实，除了迎上去，我没有给自己第二种选择。那时，我所有的播音知识仅仅来源于良静大姐的指导和短短两个星期内对有关书本的灭绝式的开发。所以，对我来说，一切都是从头开始。还好，我还年轻，有的是取之不尽、用之不竭的精力和热情。

无论什么时候，我都不允许自己丢人，这是童年时即形成的习惯。后来，这种习惯固化下来，融到了我的血液里，在董家生生不息的生命激流中回荡。

正因为如此，在踏入播音行业的那一刻，我就告诉自己：我要成为最好、最专业的播音员。

为了提高业务水平，我经常在下班后，利用台里的录音设备，将自己的朗诵录下来，反复地听，自己给自己挑毛病；然后再让身边的老播音员和我遇到的诸如张颂、瞿弦和、金乃千等语言艺术家听，并设法改进。这一习惯，我坚持了多年。

台里的播音室在下班后都要上锁，我没有钥匙。但是，我的小聪明立刻出马解决了这个问题，用的还是上学时用过的老招数：我先将窗户关好，但是不上插销，等下班后故意磨蹭一会儿，估摸着其他人都离开了，就轻轻推开窗户潜入播音室，然后开始录音。这一连串的高难度动作，我往往在几分钟之内就完成了。

一般情况下，我会找一本《杨朔散文》，挑几篇心爱的文章，如《荔枝蜜》《雪浪花》等，开始朗诵。朗诵完，听听录下来的效果，认为不满意的，就再录。

我就这样在播音室里度过了一个又一个夜晚。当别人在花前月下处对象时，当别人好梦连连时，我正跋涉在自己的创业之路上。陪伴我的，只有窗外的星月和窗内的老电风扇。然而，有一次，我的搭档老电风扇毫不客气地出卖了我。

一个夏天的晚上，我又照例偷偷溜进了播音室，开始"进修"。

北京的夏天是很难熬的。响晴的白天，太阳光劈头盖脸地砸下来，地上就像铺了无数面镜子，明晃晃的，闹得人头昏眼花；柏油路跟牛油一样，都给晒软了。晚上也不见得好过，空气凝固了似的，一丝风都没有。我常常是一边扇着扇子，一边噼里啪啦地掉着汗珠子。

出事的就是这么一个晚上。

天太热了，即使不动都是一身汗。所以，我一潜入播音室就脱得只剩大短裤，赤裸上身，并打开了电风扇。那是一台老牌子的电风扇，性能十分优良，工作一天一夜都不带烫手的；尤其是噪音极小，如果开到静音挡转动起来，不仔细听的话，完全听不到一点儿声音。

等稍微安静下来，我就开始朗诵。我记得自己朗诵的是杨朔先生的散文，因为我比较喜欢那种蕴于平凡中的感动。我很快就进入了状态，完全沉浸其中，世界收缩到了无限小，小到全世界只剩下我一个，旁边的一切都不复存在了。

然而，旁边的一切还都继续存在着。就在录音的间隙，我瞥了一眼手腕上的表，我的世界被表上重合在一起的指针硬生生给拉了回来。

天哪！已经夜里12点了。我吓了一跳。这下糟了，我从没有这么晚还耽搁在外头的经历，妈妈一定非常担心。当时也没有电话，没法及时通知妈妈，告诉她我没事，只是忘了时间。

于是，我火速收拾现场，在最短的时间内穿好衣服，关闭录音设备，整理机房，熄灯，然后从窗子跳出来，径直回了家。忙乱中难免会出错，老电风扇无声地旋转，使我完全忽略了它的存在。

当时，广播电台是机要部门，所以每天深夜都会有荷枪实弹的警卫来回巡视。当警卫们巡视到机房附近时，细心的他们发现了情况——在黑暗中，电风扇的指示灯忽明忽暗、一闪一闪。于是，几个警卫顺着我开辟出来的道路，从窗户跳进播音室，关上了电风扇。

当然，事情并没有这么容易就结束。

这是1978年，"文革"刚刚过去，人们还没有完全脱离上纲上线的习惯。积极的革命群众认为，这是有人在搞破坏，准备烧毁北京人民广播电台，因为电风扇如果一直转下去，就有可能因为短路而引起火灾。第二天，全台都知道了这件事，因为这件小事被定性为"阶级斗争新动向"，当天夜里就被作为重大案件报到了人保处，甚至上报到西城区公安分局。

事故的肇事者——我，第二天一早到台里听见同事们纷纷议论、猜测这件事，才想起是自己的疏忽，赶紧站出来承认：是我！

于是，我被叫到人保处。经过严格审问，我最后得到了从轻发落的照顾——写检查。

我如实汇报了事情发生的经过，检讨了我的粗心大意。然而，检查没通过。

在第二稿检查里，我"深挖"思想根源，最后上升到对党、对人民的极大犯罪等。然后，过关了。

不过，这件事情还是给我提了个醒，直到现在，我都保持着良好的习惯，每回录音、录像结束后，都会认真检查所有电源，务必杜绝隐患。毕竟，水火无情啊！

初尝世态炎凉

　　也是从进入北京人民广播电台开始，我接触到了另一种人际关系，无关乎单纯。准确地说，那是一种建立在个人利益上的复杂而有隔阂的关系。面对纷至沓来的、千头万绪的是是非非，我这个从未下过乡、去过工厂，从学校门到学校门，学生气十足的人，无从应对，手足无措。

　　毫不夸张地说，当时的北京人民广播电台是个万众瞩目的地方。许多人削尖了脑袋想往里钻，而台里的人际关系也因各方的利益牵扯变得格外复杂。等待着我的，是一个我始料不及的、残酷的现实。

　　北京人民广播电台的新人，除我之外，还有三位，两男一女。他们属于借调，而且比我早来半年。当时，台里盛传，我是某一派的人。于是，我无端陷入了派系之争的旋涡，糊里糊涂地受到了冷落。这种说不出来的压抑感觉，我以前从未体验过。

　　我是直接调入北京人民广播电台的，与借调不同，没有竞争的问题。而借调人员，如果业务不过关，哪儿来的就还回哪儿去。

　　在办公室里，那三位新人几乎对我视而不见。不管我是否在场，人家聊天的时候绝对可以无视我的存在，该聊的聊，该说的说。

我第一次理解了"排挤"这个词的含义。

来北京人民广播电台前，我当过三年教师。那三年，我基本上是在一个温暖的大家庭中度过的。半壁街小学的大部分老师都比我年长很多，他们像爱护自己的儿子、弟弟一样爱护着我，我丝毫没有感觉到世事的冷酷和人心的险恶。

我的家庭也没有给予我这方面的"预警"。妈妈和姐姐们朴实、正直、单纯，亲戚、邻居之间也都充满善意。我究竟该怎样去面对有生以来第一次因利益而起的复杂的纠纷？我该怎样在这张人际关系织就的大网中找到一个可以透气的眼儿？我又如何在这个象牙塔的最顶端安置自己？

以往的经验没有为我提供答案。

为了获取谅解，也因为无比珍视这来之不易的工作机会，我加倍努力工作，认真表现。还好，我的辅导老师——播音员林海大哥和徐文大姐热情地接纳了我。每天，最早一批赶到台里的，一定有我——拖地，打开水，抄自己的笔记，哪里不懂就主动向林老师、徐老师和老播音员请教。我记得母亲说过的话："尽可能地与人为善，只想业务不要想别的。"我想：这种善意应该能消除一切误解，努力是会得到新生的；笑到最后，才能笑得最好。

与此同时，我努力地超越自己，不断提高自己的业务水平。别人练一遍，我练两遍；人家不爱理我，我就主动地和人家聊天；别人都下班了，我还在播音室里反复地录、反复地听。同时，我抓住一切机会，向播音界、朗诵界的前辈们虚心求教。

我相信，终有一天我会用真诚打动他们，用实力折服他们，让他们对我刮目相看，也为我自己在这个万人瞩目的宝塔尖上，求得一席生存之地。

我一定会成功的，我毫不怀疑这一点。

我是这样折腾出来的

"百炼钢化为绕指柔。"唯有进取，方能提升。

从毫无经验的门外汉到广播电台的主播，我用了不到一年的时间。

在这段时间里，我品尝到了前行道路上的艰辛和挫折，也遭逢了人情冷暖。

在台里，我的业务能力赢得了大家的一致肯定；与此同时，在长时间的接触中，我的人品也受到大家的认可。渐渐地，我和同事、领导甚至当初误解我的人的关系融洽起来，这令我如释重负。人际关系危机终于过去了。

在北京人民广播电台工作的十年中，我这个胡同里吃百家饭长大的孩子，在艺术上也得到了大家多方面的照顾。

让我不能忘怀的是那些帮助过我的老师们，他们的执着，他们对艺术的孜孜以求，在我的心里留下了永久的烙印。我渐渐领悟到，艺术即人学。要想做好主持人，先要把人做好；人没做到位，你的艺术也不会达到顶峰。

进入北京人民广播电台，完成三个月的培训之后，台里领导以及著名播音员组成了主考团。经过严格审核，主考团全票通过，让我立即开展工作。我成为四个新人中第一个上岗的。

1977年，正是全国上下开始追求民主，向实事求是方向过渡的时期，也是我国广播事业由大喇叭向收音机过渡的时期。在这种情况下，亲切的播音风就成了民众的需求。而我恰巧是在1977年下半年开始播音工作的。在之前的十年间，播音员一开口就是那种"高、平、空"的腔调，以至于有些老播音员播音时腔调降不下来，这对老播音员来说是很痛苦的。而我，当时基本上还是一张白纸。

我赶上了好时候。

我的嗓音自然浑厚、不矫情，另外自己有一定的文学功底和朗诵基础，这是我的优势。记得，在第一届全国科技大会上，我念完文稿回到后台时，许多老科学家跟了过来。他们惊讶地问："噢，你就是董浩？""啊，是呀。""我们还以为董浩是一位被落实了政策的老播音员呢！"

因为我播音风格稳健、声音好、富有表现力，到1978年下半年，我一下子成了"抢手货"。这时期，我除了要播报全台的《简明新闻》《北京新闻》外，还要应听众点播要求播报专题、短篇小说、长篇小说、广播剧、诗歌和散文等。当然，这也是赶上了好时候才有的新气象：只要你声音好、播得好，听众有需求，就可以点播；而在此之前，工作量是平均分配的。

这时候，一些名家也点名让我来朗诵自己的作品，甚至有的节目还成了北京广播学院的欣赏教材。最火爆的时候，我刚播讲完一个节目，录音带就被学校老师借走了。

就这样，我在忙得不可开交的同时，也很快脱颖而出了。

和齐越老师的两次会面

"天下之水，莫大于海，万川归之，不知何时止而不盈。"每次翻看《庄子·秋水》，读到这几句话时，总感觉自己就像一滴小水珠，面对的是广阔无边的大海。

在我心里，大海就是曾经给了我莫大帮助的老师们——他们的知识浩瀚如海，他们的襟怀更是博大如海。

1979年下半年，我国播音界泰斗齐越老师在北京人民广播电台录播彭德怀元帅的警卫员口述的长篇回忆录《在彭总身边》。而我当时正应著名记者马文蔚大姐的点播，要录制由彭德怀侄女撰写的报告文学《在伯伯身边》。我决定，先认真学习齐越老师的处理，然后再录制。马大姐欣然同意。

齐越老师这位大师级的人物，一直是我崇拜和景仰的偶像。而今，他居然近在咫尺。我激动坏了。

那个时候，我已经开始播报《简明新闻》了。每逢周四、周五齐越老师来台里时，我都抓紧时间结束工作，然后哪儿也不去，就搬个椅子在录音室外悉心聆听齐老师的播讲，一听就是半天，如痴如醉。

开始时，这样的注视总是隔着一段不远不近的距离。因为敬畏，我始终不敢靠近。但是，日子久了，我想向齐越老师讨教的念头越来越强烈。这么好的学习机会，岂能轻易放过！

终于有一天，当齐越老师从录音室出来的时候，我几步抢上前，拦住了他。我心里"咚咚"地打着小鼓，紧张得要命。可以想象，我当时迈出这一步需要多大的勇气啊。虽然我没有胆量去正眼看齐越老师，但是我猜他当时的表情一定很诧异。我的举动无疑是唐突的，但当时我已经顾不了太多。

我礼貌地叫了一声："齐老师。"

他应答道："哎，你好啊，小伙子。你几乎每天都来，你是谁呀？"

我回答说："我是新来的播音员董浩。"

他望着我，点了点头，然后说："噢，我听过你的播音。"

"我……我有问题想请教您。您能不能在百忙之中给我提点儿意见？"我的心跳得飞快，机械地把早已念得烂熟的话背了出来，语速很快，"我现在刚上《简明新闻》和《首都生活》节目，想请您帮我听一听我存在哪些毛病。我想跟您学习。"

"很好，很好。我听到过你的播音，很好。"齐越老师微笑着说，那样的笑容令我如沐春风。然后，齐老师很认真地拿出一个小本子来，很旧很旧的，看上去有些年头了。他拿笔在上边记起来，先问我节目几点首播，又问我几点重播。

"下星期四再来录音时，我会和你谈的。"齐越老师说。

对于这件事，我开始并没有抱太大希望。我想，齐越老师是名人，日常时间非常紧张，应酬也多，怎么可能把一个毛头小子的事记在心上呢。所以，我既盼望回音，又为可能到来的失望结果做好了心理准备。整整一个星期，我既紧张又不安。

第二周的星期四，又到了齐越老师来台里的时间了。我照例搬个椅子躲在录音室外的角落里聆听，心里暗自揣摩。

录音结束后，齐越老师从录音室里走出来。他径直走向我，微笑着说的第一句话就是："我听了，听了。我认真地听了。"然后，他从上衣兜里掏出了那个小本子。

齐越老师把本子翻到某一页，手指慢慢地从上面记录的文字上画过。他说："第一，你播得再连贯一些就好了；第二，还略显紧张……"我在心里默默地记着。

讲了几条之后，齐越老师合上本子，认真地说："各种文体都要播，气息要调整。你得天独厚，声音条件非常好，而且没有什么毛病。董浩啊，你一定要记住，功夫在诗外，要多多看书、多多积累、多多实践。总有一天，你会超过我们这些人的。"

记得谈话时是在下午，阳光从树的缝隙间漏下来，透过走廊玻璃，把碎了的金光洒了我们一身一脸。我的眼睛在这金光的照耀下都快睁不开了，似乎是在梦里一样。

后来一连几天，我都有恍然如梦的感觉。齐越老师在我国播音界可是里程碑式的人物，对我这样的无名小辈，他居然如此看重、如此鼓励。从齐越老师身上，以及后来我接触到的很多文化界的大师级人物身上，我发现了这样一条规律：越是有学问、有权威的人，越没有架子，越平易近人，越善解人意；反倒是那些一瓶子不满半瓶子晃荡的人，架子挺大。

时至今日，当有年轻人向我讨教时，我也会像齐越老师当年鼓励我一样鼓励他们，善待他们。我知道，有时候只是一句话就可以改变人的一生。

薪尽火传，传下去的不应该仅是艺术，更是艺德。

那天谈话过后，我心里狂喜，脑袋却晕乎乎的。我陪着齐越老师顺着走廊出了播音区，已经不记得当时跟他都说了些什么，也许什么都没说。我们一老一少慢慢地走着，我的身体里似乎装满了气泡，连走路都感觉到轻飘飘的。

临分手的时候，齐越老师告诉我："我家住在广播局（"中央广播事业局"的简称）宿舍，随时欢迎你到我家去。"接着，他又告诉我是几号楼、几单元、几门。

我牢牢地记住了那个门牌号。几天以后，我真的就登门拜访了。我不知道是什么力量给了我那么大的胆子。

我按照地址找了过去，没费什么劲儿就来到了广播局宿舍。齐越老师家在一座很简陋的老式单元楼里，外面的砖墙在风雨的侵蚀下透出一种老旧的气色。墙上还能看到一些支离破碎的标语的痕迹，那是不同年代的烙印。在路上的时候，我一直在兴奋地构想见面时的场景，而到了门外，我却开始迟疑。

家里有人吗？齐越老师喜欢这么冒昧地拜访吗？我一遍又一遍地问自己这些问题，抬起的手始终没敢落在门上。我站在那里，居然对着那道门发起呆来。幸亏当时楼道里没人，否则说不定会有人以为我意在偷东西。

时间过去了很久。

终于，我鼓足勇气，轻轻叩响了门。"当当当"，在安静的楼道里，清脆的声音听起来格外惊心，我的一颗心随之狂跳不已。我稳了稳心神，又敲下去，持续的敲击声在楼道里经久不息。

"来了！"屋里传出非常清亮的女声，那是齐越老师的爱人，在新华社工作的杨老师。

一开门，杨老师上下打量了我几眼，迟疑地问："你是谁呀？"

"我是北京人民广播电台的新播音员，叫董浩……"还没等我说完，齐越老师浑厚而亲切的声音就从屋里传了出来："来，进来吧，进来吧！"齐老师一边说，一边走了出来。

进了屋子，我四下看了看。房子是旧式的两室一厅格局，面积不会超过50平方米，门厅小得可怜，近乎一段过道。昏暗的光线，使屋里显得更加拥挤。

这是一个典型的知识分子的家——屋里没有几样家具，摆设也很简单，书倒真是不少。齐越老师的床是接出来几块板拼凑的单人床，靠墙的一半堆满了书，有点像在毛主席故居里见到的那种摆书的方式。

我在齐越老师家待了半天，请教了不少问题。齐老师拿出一个小本子，一条一条地给我讲，还削苹果给我吃，并认真听了我对朗诵《在伯伯身边》的语言处理方案。

正是因为齐越老师对我进行了指导，《在伯伯身边》播出时引起了不小的震动，也奠定了我在台里的业务骨干位置。

那次从齐越老师家出来的时候，我竟忍不住有种浑身战栗的感觉，那是兴奋、感激等因素混合在一起的复杂的感受。让我不能忘怀的还有那半床书。我领悟到，要想成为一名艺术家，成为一名专家，只有刻苦地追求、不断地完善。播音艺术家和播音匠之间的区别就在这里。所以，现在甭管多忙，我都坚持每天看书。每天晚上在书房里度过的那段时间，是我感觉最充实、最幸福的一段时间。

境界忧思

进入北京人民广播电台一年后，我逐渐成为台里的业务尖子。工作量骤然增加，我当然很兴奋，同时也很疲惫。就在我急需专业指导又苦于埋头工作的时候，我的生命中又出现了一位大贵人，他就是播音教育家张颂老师。认识张颂老师时，他跟我现在年纪相当，壮壮的，很和蔼。

张颂老师曾是中央人民广播电台的著名播音员，播音名叫"李昌"。1963年时，出于工作需要，他被调到北京广播学院。从20世纪70年代末一直到80年代中期，张颂老师都把北京广播学院的教学实践基地定在了北京人民广播电台播音部。多次接触下来，我们成了好朋友。他除了在播音艺术上给我指导外，关于人生发展的问题我们也聊得很投机，张老师告诉我许多做人的道理，他的为人对我影响很大。现在想起来，当时真是相当于做了他的研究生，受到了极专业的、极重点的教育。每当我回想起满头白发的张老师那依旧从容的神态，我就想，这才是播音艺术大师应有的气质和风范。

在那一段时间里，我还请教过夏青老师、林茹老师、铁城老师、方明老师、董行佶老师等名家。我记得董老师曾半开玩笑地跟我说："咱们都姓董，老董家的事我肯定会帮忙。"

那时，北京人民艺术剧院、北京青年艺术剧院、北京实验话剧院的艺术家和中央人民广播电台的播音界泰斗，在朗诵艺术风格上都有各自的特色。我当时年轻，体力又好，就四处奔波着向老一辈艺术家虚心刻苦地学习。这些老师不约而同地说我的声音得天独厚，鼓励我在播音事业上更进一步。但与此同时，他们也让我明白：要想成为一名播音艺术家，单有漂亮的嗓音是远远不够的。慢慢地，我在艺术上也有了长足的进步。

此时，播音战线盛传北京人民广播电台杀出了一条"金嗓子"——董浩。中央人民广播电台、中央电视台的许多栏目都找到我，一些重点片、交流片、历史文献片也指定让我配音或解说。随着节目越做越多，我的收入开始增加，名气之外，又多了利益因素。我开始产生一种担忧，担心受排挤、受孤立的局面会重演。因为，我已不是默默无闻的新手，而是可以在男播音员中坐到头几把交椅的知名播音员了。发展速度之快，是我和我的同事都始料不及的。我知道，我在道路越走越宽的同时，也会越走越吃力。

那时候，我只有二十多岁，真有点儿春风得意的感觉。在成绩和荣誉之下，我开始有些飘飘然了。我们的老主任孟广嘉曾专门为此与我进行了一次严肃的谈话，告诫我不要骄傲，要继续深造，不能只做播音匠，要有更高的追求。他还提醒我，男人应该先立业再成家，并要求我三年内不许谈恋爱，应报考业余大学中文系。

此时正值20世纪70年代末80年代初，台里的业务氛围相当浓。我们北京人民广播电台和中央人民广播电台的播音部经常搞交流活动，比如：隔三岔五去看看话剧；每星期组织一次业务研讨；请名播音员甚至是话剧名家讲课；等等。当然，更多的是技术技巧方面的培训，有时也会上升到学术高度。

当时，这种氛围影响的不仅仅是播音员业务能力的提升，还会影响他们的生活和工作状态，影响他们处世的境界。

想想当年，大家的钱袋子都很瘪，但对自己的职业都有一种使命感。大家都觉得，自己的职业不是人人都可以从事的，这是党和人民赋予自己的重托，必须要对全国的听众和观众负责，同时要对自己从事的艺术工作负责，这是一种很高的境界。

但现在，我看到大家更多的是一种松散状态。我们被分到各个节目组，缺少相互的业务交流，各干各的，见面也只是匆匆忙忙打个招呼，大家仿佛距离很远，很陌生。一年一年的，不知道自己在奔着什么方向走，又为了什么奔命，使命感淡化了。

　　我觉得，这是一个应当引起重视的问题。由一种崇高的境界下滑到一个"播音匠"和"主持工"的境界，似乎是当今广播电视界的普遍现象。境界的滑落必然带来风气的恶化；尔虞我诈、是是非非以及格调的低下，也必然会逐渐侵蚀主持人队伍的素质，影响他们的创作，最终将影响受众，包括众多青少年儿童。这种现象，令人忧心忡忡！

主持"宝宝爬"大赛，孩子爬，你就得跟着爬

防空洞里的"野麦岭"

　　1925年，日本著名作家细井和喜藏发表了反映日本纱厂女工悲惨生活的长篇小说《女工哀史》。根据这部小说改编的电影《啊，野麦岭》，20世纪80年代在我国上映。影片中的女童靠计件来获取报酬，为了多挣一点儿钱，她没白天没黑夜地干；为了生存，她不得不在极其恶劣的环境中忍受煎熬。电影中的一些情节，直到现在我还记得很清楚。

　　为什么要提起这部电影呢？因为，我也曾有过那么一段靠计件挣钱的人生经历。作为历史，这段经历很值得我回味和思索；也正是这段历史，让我时常想起北京市崇文区（现属东城区）区委，时常想起区委院内操场上的防空洞。

　　也许，现在这个防空洞还没有被拆除，我的故事就是从这个防空洞开始的，我把它戏称为"防空洞里的'野麦岭'"。

　　北京市幸福大街8号有一个大院，这就是原崇文区区委的所在地。进了大院往里走不远，拐个弯就可以看到一个操场。在操场边上有个建筑物，这就是防空洞的入口。

　　防空洞门朝西，是早些年备战时建的。门口比较窄，人一进去就能摸到两边的墙壁。再往里走，就是初级台阶。下了台阶，就可以看到一个个的"猫耳洞"。猫耳洞有大有小，小的就三平方米多，将将够摆个小桌子；稍大一点儿的有四平方米多，也只能容纳两三个人在其中工作（有一间最大的可以容纳八个人，是制作电视剧用的）。

20世纪80年代初，改革开放之风渐渐兴起，北京人民艺术剧院的马莹与音像商王七一挂靠了一家叫"农村读物出版社"的单位。那是一家新兴的出版社，他们之间相互合作，做有声读物，内容包括广播剧、微型小说等，但做得最多的还是教大家怎样养猪、怎样养羊、怎样栽花之类的录音带。

这个防空洞，就是他们为我们这些播音员准备的录音棚。

当时，参与录音的都是中央人民广播电台、北京人民广播电台的业务尖子，录音师、播音员在全国都是技术一流的，没有一个等闲之辈。在我的印象中，播音员除我之外，还有方明、铁城、葛兰、雅坤、张筠英、瞿弦和、周正、赵忠祥等。总之，大家熟知的著名播音员和演员，很多都在这里打过工。当时，在这群人里我是年龄最小的。我之所以被选入"著名"之列，是因为我当时已朗诵了大量作品，还播讲过包括长篇小说在内的各种文体节目，得到了专家及广大听众的认可。

在此，有一点我必须声明：大家虽然是来打工的，但丝毫没有放松对艺术质量的追求。

我想，哪怕是一位非常著名的主持人，恐怕这一辈子都难得与那么多艺术大师结识。而我却因此机缘，与他们耳鬓厮磨，摸爬滚打在一起。录音间隙，我常常到其他录音棚里听各位老师录音，看人家是怎么处理文稿的，借鉴大家的经验，这使得我的播音艺术有了突飞猛进的发展。而且，我所涉足的领域也非常广，广播剧、小小说、科普故事，凡是能碰到的都试了一把。现在，我很多方面的功底就是在那时练就的。所以，这个防空洞可以说是我的"艺术大学"。

我们录得最多的就是科技方面的节目，比如怎样养猪、怎样养羊等，而且基本都是对话的形式。一起录音的江南、杨洁等几位大姐的声音显得特别年轻，所以经常是她们来问我来答。对话时，她们扮小王，我扮老张。"老张啊，这个羊怎么养啊？"问话的声音很甜美。"噢，这个羊呢，应该吃这种草，吃这种草有利于羊的生长。"回答的声音听起来很浑厚、很自信，还真像农业科技站站长在讲课。

江南大姐比我大四岁。有一次，我俩一起录制一段怎样养羊的节目，专门讲羊的育种，怎样成活率高，怎样控制，等等。

我当时还没有结婚，由于成长在那个年代，生活在传统家庭环境中，对于夫妻生活方面的知识，完全是一片空白。现在骤然遇到这个话题，大吃一惊之余，不免窘迫万分、面红耳赤。

这还不算什么，关键是我还要作为老张——一位兽医站对育种工作有深入了解的医生，要把这知识掰开了、揉碎了讲给人听。而且，江南扮的小王还总要问："喔，然后呢？"

录音的时候，我俩脸涨得通红。江南不敢看我，我也不敢看她，场面尴尬至极。录到下半夜，江南实在录不下去了。她红着脸一下站起来："我不录了行不行！"说罢，转身就要走。这下我也急了，连忙拉住她："我说大姐，你还得录啊，不录哪行呢？再说，这不说的是羊嘛。"就这样，我们又重新坐下来，接着往下录。

后来，我一张嘴大家就笑我，简直录不下去了。其实，我也觉得很别扭，心想：我们是播音艺术家，怎么能录这种东西呢？可是，想不通归想不通，该怎么录还怎么录。"不录哪有报酬啊！"

现在想想，这也没什么。不就是育种吗，科学的东西有什么好忌讳的。但在当时那种有太多禁忌的年代，这类话题在广播节目中还属禁忌之列。尤其是我们这些已经有点儿名气的播音员，在内心深处，还是相当清高的，如果不是因为那不菲的报酬，无论如何是不会大半夜的去录这类节目的。

不是为了名气，不是为了艺术，当然更不是为了上级表扬，仅仅就是为了报酬，我们得把自己的那点儿可怜的清高暂时收起来，把我们播音艺术家的身份降下来，降到世俗生活中去。因为，我们也是凡人百姓啊，我们也要吃饭穿衣，也要娶媳妇生孩子，也要为老人们养老送终。这恐怕不仅仅是我这个晚辈后生的想法，那些老艺术家们当时大概也是这样想的。

　　说句良心话，那些老艺术家们到了"野麦岭"的时候，正是一生中爬坡的时期。他们上有老、下有小，微薄的工资使得他们根本不敢去想如何改善生活。当好不容易有了一个挣钱的机会时，每个人都很珍视。

　　因此，"野麦岭"中的诸位虽然极不习惯，虽然不无屈辱，但没有人嫌创作环境差而打退堂鼓。大家都默默地接受了这样一个事实：在现实面前，我们没有清高的本钱。

　　但是，内心的清高不会就这样偃旗息鼓的。

　　当时，我跟赵忠祥老师等人一致通过了一项不成文的决议：跟音像商说，不能在出版物上署我们的名字，不要让听众知道是谁解说的。其实，当时就是署名了也无太大妨碍，这类节目的听众大都是农村养猪、养羊专业户，就算是著名播音员的名字对于他们来说也是陌生的。我们之所以这样做，不过是为了寻求一种内心的平衡和解脱。

　　"野麦岭"时期，大家把生活全打乱了：白天到广播电台或剧团上班，晚上再到录音棚挣外快。录音棚里的文稿都是用大稿纸撰写，每人分到厚厚的一大摞，垒起来像小茶几似的。音像商很精明，算计得很，给你的文稿保证你一晚上不停地讲也讲不完。不过，时间长了，我越来越熟练，到后来一晚上居然还真就能把那厚厚的一摞全讲完。那时候，讲完这一摞文稿能赚一百块钱。

　　一百块钱呀！当时我的月工资才四十多块钱。

　　一般情况下，录制完成已经是凌晨三点多了。但这还不算完，后面还有监听的。等监听的听完，没问题，就可以通过了；如果说"你这段录得还不够好"，你就得重新录，重录的不给钱。这之后，才能拿到报酬。录完后，等着音像商给你点钱的空当，你得在外面候着。外面有个大吹风机，就像煤矿巷道里的大吹风机一样，"呜——呜——"地往里灌着风。我们就站那儿等着，心里琢磨着能不能过，这一次的一百块钱是用了几夜挣到的，等等。

　　我们这算是夜班，等我们这拨人走了，歇人不歇马，早班还有人来。

　　当然，每次录音完成后，等着拿钱的滋味并不好受。望着音像商给自己点数钞票的样子，"一五，一十……"，心里像打翻了五味瓶，酸、甜、苦、辣、咸，什么味道都有。不过，压倒一切的想法还是：我终于可以拿到钱了。

　　我感到了钱对人的巨大诱惑。在金钱面前，只要取之有道，该屈尊的就得屈尊，该忍耐的就得忍耐，而且还得变成一种自然状态——成就一门艺术的必修课。这类经验在广播学院是绝对学不到的。

在猫耳洞里的解说，开始时还是声情并茂的，到后半夜连困带乏的，都念得有气无力了。大家眼睛盯着稿子，一张嘴能把字吐出来就行了。于是乎，从这种状态中，我与赵忠祥老师找到了轻声的播音方法。为什么要"发明"这种方法呢？播过音的人都知道，如果老是用那种铿锵有力的声调，这一夜七八个小时的解说，到清早会累得连话都说不出来了。所以，这也是不是办法的办法，没想到竟然形成了一种风格，这就是后来赵老师在《人与自然》中所展现的解说风格。这也算是一个意外的收获吧。

当时，不仅嗓子累，身体更累。累到什么程度？现在说起来都让人难以置信，经常是铺张报纸，倒地就睡。防空洞里潮湿的地面，在我，比席梦思还舒坦：只要让我睡就够了！人家也不知道猫耳洞里有人，等其他人再录时，外面的录音师发现有杂音，进来一找，我正在睡觉呢，打着小呼噜。他们把我推醒，我揉着眼睛爬起来，张嘴立马就说出了刚才录的词："Merry，我爱你！我真的爱你。"

因为经常要工作到夜里很晚，所以音像商要管一顿夜宵。我们这些语言艺术大腕儿，当时夜宵吃什么呢？火烧夹羊杂碎，两个！火烧用一种黑黄色的老旧包装纸垫着拿在手里，极不卫生，可也没人说不吃。此外，还得把大碗茶沏得酽酽的，恨不得装半杯子茶叶，不然，困啊！

有时，还不到供应夜宵的点儿，自己又实在饿得扛不住，音像商就让你先回去，改天再来录，反正要全部录完才能拿到一百块钱。

这样说来，真觉得自己很可怜。不过，这无关乎清高。只是，今天回头看看仍然觉得自己当时很可怜——不仅是我，包括我们所有人！一百块钱在当时来说的确不是小数目，然而比起我们付出的劳动来，它还是显得太单薄了。

录音完成，拿到工钱，一般要到凌晨三四点钟，有时甚至到五点钟，东方已经泛起了鱼肚白。当时，赵忠祥老师住在真武庙广播局302宿舍，我住在北京八中成方街那儿，就是现在的复兴门一带，跟赵老师是一个方向。一次，干完活儿，我们就跟游魂似的，骑着车，一路往回走。

凌晨五六点钟，上小夜班的都下班了，在马路上"嗒嗒嗒"一路小跑着。那时正是冬天，刮了一夜的风此时已转成西北风了，嗖嗖地就像小刀子似的拉在脸上。我们裹着军大衣，每人骑着一辆破旧的二八自行车，一路上"吱呀吱呀"的。防空洞里跟外面是两个季节，里面闷热得难受，出来之后，让小风一吹，脑门像炸开了似的，又疼又胀。但这些对我们来说都算不得什么，我俩边骑边聊，迎着西北风，奔向西北方。

有时，在防空洞里录制一晚上，第二天白天还有工作，我就不回家，径直奔回北京人民广播电台。到了台里，也不洗漱，也不脱衣服，行军床一铺，打个盹儿。闹钟上到清晨五点半，铃声一响我就起来。"北京人民广播电台，现在播送新闻"，我边念边睁大眼睛，再看稿子上那字，在眼前直跳舞。

虽然这样的工作很累、很苦，但每个月大家都盼着那几天。因为，活儿并不是天天有，一个月只让你录几次。还不能老让一个人录，音像商分活儿是很讲策略的，他怕你一个人钱挣多了就不录了，于是就总拿那点儿钱抻着你。弄好了，一个月可能有五六次；差了的话，一个月也就三四次。音像商还给我们安排时间点，你是几点到几点，他是几点到几点。有时还搞突击，中午告知说下午就要录。我这时就得跟同事调班："大哥，你先替我值这个班，明天这个班我替你。"协调不好，就只能请假。当时，请假可不是闹着玩儿的，你总请假，会让大家认为你不务正业。

那是一段怎样的岁月啊！现在回头想想，我实在很佩服自己，整个一超人啊：事情连轴转却还能不出差错；外快挣着，本职工作也不耽误；忙着上业余大学，还要忙着做一个孝顺儿子，操心着娶媳妇的事。

现在再让我这么拼命，恐怕是做不到了。不仅是因为体力今非昔比，更是因为心理——很多珍贵的东西失去了，该有的我也差不多都有了：妈妈去世了；妻子贤惠善良，所求无多；女儿乖巧懂事，已经自立。这样说来，还有什么值得我去拼老命呢？

当时，可能是因为太穷了，一无所有，所以一往无前吧。人不敢闲着，得靠两只手打江山啊！为了老妈和即将过门的媳妇——这两个当时世上我最爱的女人，我得尽我所能给她们置办一个安乐窝，为她们撑起一片天。我把自己豁出去了，没有什么好犹豫的，也没有什么需要护得死死的扔不出去的。谁让我是男人呢！

逼上"野麦岭"，我的本意只是想多挣点儿钱，但却在无意中练就了一身过硬的语言功夫，还成了那段不平凡岁月的亲历者，亲历了转型期我国经济的变革，也亲历了第一批挣外快的艺术家们的艰苦生活。

岁月作证

赵忠祥老师十几年前完成了他的散文随笔《岁月随想》。有一次，我跟他聊起了他的这本书，也聊起了当年我们一起经历的一些事。当说起"野麦岭"这段往事时，赵老师笑得眼泪都流出来了。

我问他："你为什么不写这一段，多精彩啊！"他边擦眼泪边说："哎呀，你怎么不提醒我。"接着他又说，"董浩啊，那时给咱们一百块钱，咱们就干得那么欢，累死累活也没怨言。现在，就是给再多也不会像那样录了，给再多咱也不干了。"我学着老先生的口气说："那在当时，这可是好活儿呀！"说完，我俩都笑了。

"野麦岭"的这段历史，应该载入史册。载入什么史册呢？就是我们中国广播文化事业的发展史。而我和赵老师，还有其他许许多多的人，正是这段历史的见证者。我们见证了中国广播事业从大喇叭走向耳机，从高亢走向亲情、自然的全过程，也见证了它从计划走向市场，从封闭走向开放的改革历程。

这段经历对我的成长很有好处。我较早地接触了这些，得到一种锻炼；或者说，我较早地认识到了市场经济的威力。在这种经济模式下，如果你不甘心出卖自己的精力、体力和艺术，那你就必须要有非凡的本领，因为你要忍受贫寒，这是保全尊严的代价。

在"野麦岭"，我挣到了自己的第一桶金。而且，我当时的收入是用汗水换来的，这使我们家窘迫的生活得以初步改善。其实，挣钱不仅是我的选择，也是当时许多人的选择。但是，业务不过硬，人家是不找你的。我们那时对于国民经济的运作方式一无所知，只知道时代给了我们一个机会，我们必须把握住它。我们并没有打算领跑时代，然而阴差阳错，我们偏偏做了那个时代的领跑者。上天安排我们作为一代承上启下的人，在自己毫不知情的状态下，被绑到了发展的战车上，从一个时代冲进了另一个时代！

可笑的是，我们自己还不知道。在我们用血肉之躯撕开了一道观念的防线，让新经济模式的曙光从打开的缺口照进来的时候，我们还懵懂不解：怎么忽然之间，大家的想法就开始起了变化呢？甚至在抚摸伤口、拭净血迹的时候，我们的心仍然踌躇不安：我们做对了吗？我们找不到答案，只是默默地、兴奋地坚持着。

我们那可怜的经济脑瓜想不透国家的经济大局。支撑我们克服重重阻力，毅然坚持下来的力量，除了物质的（我们太知道了：有什么别有病，没什么别没钱）以外，还有一个重要的信念：我们没有做对不起国家和社会的事，我们挣的是本分钱；我们也没有做对不起他人的事，唯一对不起的，就是我们自己——我们干得太苦了，当时是在严重地透支健康。

从"野麦岭"的故事中，我也体会到：艺术大师最先是被商人发现的。那些著名的播音艺术家在单位未必受到重用，反而被商人看中了。商人的嗅觉，包括对艺术的嗅觉，是很到位的。特别是文化商人，他们对艺术有特殊的敏感性，他们知道谁有实力，谁能给他们带来利润。

在"野麦岭"，我们是与钱打交道，它存在的价值就是打碎了我们的空想，使我们先于他人一步认清了现实：赤裸裸的金钱关系不仅存在，而且有一天它将对我们的生活产生重大影响。

这一发现并不令人愉快。然而，现实就是现实，它不会因为我们闭上眼睛不看它，就改变了模样。现实一直在那里，我们只有认清它，才有可能改变它；闭上眼睛，只会让我们在现实面前撞得头破血流。

"野麦岭"的生活前后历时两年多，结果据说因为组织者在经济上出了点儿问题，最后不了了之。

走出"野麦岭"，走出那个猫耳洞，我骤然发现，外面的空气是那么新鲜，外面的天空是那样湛蓝。

"野麦岭"外的天空

前些年我给中国传媒大学播音主持艺术学院的学生讲课时，讲过上文这段历史。我坦诚地告诉他们，当年除了对艺术的热爱之外，对美好生活的追求成了我提升艺术水平的原动力。学生们边听边鼓掌，还在下边笑。其实，我说的都是实话。当然了，这其中有对艺术的献身，有对广播事业的追求，但更多的是谋生的手段，是为了追求一种更好的生存状态。毕竟，生存是人类必须首先解决的问题。

我其实很羡慕如今的年轻人，他们赶上了好时候。现在，稍有点儿名气的年轻演员参演一部电视剧的薪酬都要接近百万元，这在以前简直是不可思议的事。

记得1985年底1986年初时，我投资5 800元并作为制片人参与了电视剧《三人行》的拍摄。这部电视剧的导演兼主演是李洋，现在已定居澳大利亚。当时，他一米八几的大个子，人长得很帅气，在中华全国总工会话剧团工作；摄像是逄小威，也是中华全国总工会话剧团的；女主角是谭小燕。现今的著名演员葛优，在这部电视剧中也有出色表演，他当时是以哥们儿帮忙的身份出演的，几乎分文未拿。

没有开拓，怎会有发展？不行非常之事，怎么做非常之人！事事循规蹈矩，其结果就是永远慢人家半拍。当然，现在的电视人是无法理解那个年代的创作运营方式的。

关于金钱，我还受到过一次较深的触动。

1987年，有一部日本出品的系列电视剧需要我们配音，剧名是《捕吏小兰之介》，是杉良太郎的作品，在日本也算是名剧。杉良太郎当年是日本演艺界最有钱的人之一，因为他还同时经商，是中国乌龙茶在日本的总代理。

当时，在宣武宾馆多功能厅召开了一个北京演艺界与杉良太郎对话的座谈会。杉良太郎身着名牌西装，俨然一副总裁的架势，身后还跟着一大批毕恭毕敬的高参。杉良太郎讲话倒是很坦诚，他说自己曾是一名工人，后来通过参加大奖赛、广播剧介入广播电视领域，开始时也做过配音工作。

这次座谈会上，我与瞿弦和老师代表配音组与杉良太郎对话。他在言谈之中，透露出对我们的配音比较满意。我当时问他："你怎么会那么有钱？还有能力投资贸易？"他回答说："我们那儿的酬劳制度与你们不一样。我们拍一部片子能挣很多钱。"

杉良太郎趾高气扬地走了。我们的老艺术家们不平衡啊："你看看人家！瞧瞧人家！"言语中包含了太多的内容。当时我想，什么时候我们的酬劳也能和人家一样呢？

时至今日，我早已不为这个问题困惑了。在圈子里摸爬滚打三十多年后，市场条件下文化事业的运作方式我已经非常熟悉了。但在当时，这件事带给我的冲击却是极为强烈的。

"野麦岭"外的天空，并不像想的那般纯净透明。只不过一切都变得隐而不显了，许多事物有了不同的名字，冠冕堂皇，令人目眩。

说实话，到今天为止，我在经济学方面并没有什么长进，仍然搞不懂很多事情，不明白怎样做才能永远立于"正确"之地。

我们真的能够彻底走出"野麦岭"吗？！

与死神擦肩而过

清代人王永彬在《围炉夜话》中写道："常思某人境界不及我，某人命运不及我，则可以知足矣；常思某人德业胜于我，某人学问胜于我，则可以自惭矣。"

少不更事时，内心无法体会大师之境界；走的路渐渐多了，看的事多了，听的话多了，便有了些许感悟。人活着要有只争朝夕的精神，它是度过风风雨雨的支撑。不知是天性使然，还是自己内心深处有种说不明的原因，我的生活节奏一直比别人快。说白了，我就是那种一天到晚都闲不住的人。用我妈妈的话说，就是"狗揽八泡屎"。

在北京人民广播电台工作时，我就同时主持、策划电视台的节目，还与北京服装协会合作，主持出版了中国自创的第一本服装类期刊《北京国际时装》，并策划组织了1987年的第一届"太极杯"全国服装设计大赛。1990年，我正式调入中央电视台这个国家级的传媒平台后，真有一种山区种梯田的老农一下子来到北大荒的感觉，我的眼前是一望无际的黑土地——一片肥沃的、神圣的、尚待开发的土地。望着这一马平川的沃土，我变成了一匹脱缰的野马，撒开四蹄向前，向前狂奔起来！

20世纪90年代初，是我国少儿电视节目的开创时期，没有定式，没有教条，少儿电视的勃发正是冲破文化束缚的一次大迸发。老编导的经验与年轻编导的朝气相互融合，大家进入了创作的最佳状态。

我当时是以策划、组织、主持"三位一体"的状态投入工作的。首先，我在最短时间内学会了编导技巧甚至是后期制作的全部技术。随后，就推出了《董浩叔叔热线》《大青蛙讲故事》《牡丹乐园》《滑稽头与董叔叔》等一系列节目，使"董浩叔叔"这个形象一下子成为7～14岁儿童的好朋友，与学龄前孩子们喜爱的"鞠萍姐姐"遥相呼应，开创了央视少儿节目的品牌。当时，我每周都要骑车到北京市的各中小学校走访，选择节目话题；有时，为了一期节目的策划和制作，要连熬几个通宵。很多同事都说："这小子能耗，要不怎么叫董浩（懂耗）呢？"也就是从那时起，我被冠以"拼命三郎"的绰号。

在这期间，也有文艺部（现文艺节目中心）、国际部（现海外节目中心）相关栏目的编导邀请过我，但我被所到之处孩子们真诚的呼唤所陶醉，同时也被当时少儿部从上到下一门心思干实事、催人向上的风气所吸引，更被余培侠主任兄长般的信任所打动，坚定地把心思拴在了振兴我国少儿电视的事业上。说真的，那段时间是我心灵深处永远珍藏的绿洲。

就这样，我走过了忙碌而充实的1990年、1991年。但是，人们在忙碌中常常会忽略很多重要的事情，比如健康。

1992年年初，我作为中国优生优育协会第一届常务理事，积极筹备第二届优生优育晚会，同时又在策划、组织当年的"六一"儿童节晚会，还在录制一部专题片，同一时间又在准备着我和杨澜将要录制的《董浩叔叔和杨澜姐姐讲故事》。而在这个时候，北京暴发了严重的流行性感冒，我在高烧 39 ℃的情况下，顾不上住院，只好用大剂量的速效感冒药支撑着工作了半个多月。然后，我的小便开始发红，还特别黏。我以为是感冒上火了，就一次好几种地狂吃药片，烧一退还是坚持录像，直到全身黄成个大柚子似的，才不得不去中国人民解放军第三〇二医院看病。到了医院，医生瞪大了眼睛说："你们电视台的人怎么这么玩命！再晚来半天，神仙都救不活你了！"

当我躺在病床上时，浑身酸痛，人仿佛飘在了半空中，半梦半醒。隐约间听到医生的窃窃私语，还夹杂着我爱人的哭泣声。这中间，有三个字总在被重复：肝坏死，肝坏死……

我猛然意识到事情的可怕。但我爱人从医生那里回来后，还极力安慰我："你就是一般的急性肝炎，没事儿。"

我知道她此时此刻的心情，也知道她是在努力克制着，不在我面前哭出来。她一向是个柔弱的女人，但她此时的坚强让我吃惊，更让我感动！不过，我还是按响了床前的呼叫铃，叫来了我的主治医生唐善令大夫。我很严肃地喘着粗气问他："肝坏死到底是个什么概念？我还能活多久？"唐大夫沉默了好一会儿，才很不情愿地说："八天！"我记得，他还用右手中指和食指架在左手中指上比画着说："如果八天以后迈过去，就完了；退回来，就没事了。"

八天！八天是个什么概念？在一个健康人的生命中，八天弹指而过。但在当时的情况下，我的生命也就只剩下这弹指的瞬间。我无力大声表态，只好微弱地说："好，我配合你，我听你的。我不想死，但也不怕死！"我甚至还给了他一个灿烂的微笑，"唐大夫，我新年在南阳算过一次命，人家说我本命年大难不死，有贵人相助！你我有缘，我是'米老鼠'，你是'唐老鸭'，你是我的贵人。你们放心治，治不活没关系。你们把我的尸体解剖了，就算是为医疗事业做贡献了。怎么治听你们的，我死后绝对没人跟你们打官司。"

我看到唐大夫的眼圈红了。后来，他告诉我，他曾送走过很多像我这样或病得比我轻的肝坏死病人，这种病痛难以用语言表达出来，而我对他们的理解与支持，是一种最大的信任。同时，他也感动于我的笑容和我的勇敢。我没有给电视人丢脸，也没有给中央电视台丢人，我是个响当当的男子汉！

虽然，我在精神上是无所畏惧的，但我的身体状况不容乐观。我也不知道为什么我的生命中会出现这么大的波澜，但也正是这波澜，让我的生命更加精彩。

医院下了病危通知书，台里也接到了通知。余培侠主任放下手中的一切工作，在第一时间赶到医院。他对医生说："台领导希望不论花多大代价，也要把这个人抢救过来，要不就太可惜了！"

说来也凑巧，因为当时我是筹备优生优育晚会的总策划人，所以每天都要与协会副会长秦新华大姐通个电话，汇报情况。我到了三〇二医院后，就一直处于半昏迷状态，秦大姐没等到我的电话，于是主动给台里打电话，得知了我病危的消息。她连夜打电话给总后勤部值班室，请他们协助，帮我找了最好的医生；然后，她又给自己的大学同学、三〇二医院的沈院长打电话，请他一定多加关照。

抢救我的那个夜晚，余主任通宵没合眼。百分之八十五的死亡率啊，听到这个消息，他哭了。当我知道后，心里发誓：有这样的好主任、好大哥，只要我活过来，就一定安心地、加倍努力地在少儿部干一辈子！

第二天，我清醒过来，第一眼看到的就是满屋子穿白大褂的军官。屋里的一切都是雪白的，军帽的绿色在其中是那么鲜亮，让人看到了生命的希望。我还看到了台领导的笑脸，甚至看到了窗外从儿童病区赶来的，怀里揣着水果，脸儿贴在玻璃窗上的孩子们……我真切地感到他们把我当成最好的朋友，当成家里人。也正是在那时，我体会到了作为中央电视台的主持人，大家是多么尊重你、关心你。又有什么回报，能赶得上如此感受？

在与死神全力搏斗的那些日子里，我感悟到，当人面对死亡的时候，有一种链条感，它给了你强烈的求生欲望，这可能就是传说中的出入生死的前兆吧。

首先，我想到的是我们的民族、我的工作。我感觉，我能成为中央电视台的主持人，成为全国小朋友们喜欢的"孩子王"，就应该加倍努力工作，报效祖国，报效民族，就是累死也是值得的。但我不甘心：我正在策划的，打算与团中央和教育部合作的大型文献片《黄河行》还没有实施，《知我民族　爱我中华》系列专题片也正在筹备中，我怎么能在这时候倒下呢？！我还要参与"六一"儿童节晚会，余主任那么信任我，怎么能让他失望！秦大姐委托我筹办的优生优育晚会刚进入专题片的外拍阶段，我在这时候撒手，怎么能行！真不是说虚的，那些天脑子里冒出的都是这些念头。我真的不想留下这么多没干的工作，就到上帝那儿去报到。

除了工作，我还挂念自己的亲人。守寡多年的老母亲刚过上几年好日子，就要面对老年丧子的境地，我不能让妈妈再受到任何的打击和伤害了！我叮嘱姐姐和爱人，千万不要把我生病的事告诉妈妈，就说我出长差了。还有，我若是死了，我女儿才7岁，她以后的生活怎么办？我绝不能让她从小就失去父亲！我小时候体会到了童年丧父的滋味，怎肯再让自己的女儿遭受那样的痛苦。我身边这柔弱而贤淑的妻子又该怎么办？我若离开了，她能在这个纷杂的世界里找到北吗？

我流着泪告诉自己：我不能死！

我是那么热爱和珍惜我所为之拼命的事业和肩负使命的平凡而又伟大的工作岗位，我又是那么热爱我的亲人和我视为亲人的观众们。也正是这些使我产生了令人难以置信的力量，我大喝一声："我和你拼了！"病魔被击退了，用唐大夫的话说，我"奇迹般地又活过来了"，与死神擦肩而过。

出院以后，我总是告诫自己，要珍惜身体。但忙碌惯了的"董浩叔叔"怎会听我指挥。没过一个月，我又站在了全国少儿节目业余主持人大赛的舞台上，紧接着又站在了广州市少儿晚会的主持台上。在台上，天气闷热加上身体虚弱，我汗流浃背，连皮带都湿透了，但仍然斗志昂扬。

三○二医院的主治医生唐大夫听说我连日奔波后，又联想到和我同住一个病区，也是他的病人的赵化勇台长出院后也忘我地工作，他急得在电话里喊起来："你们干电视的怎么都那么不珍惜生命！玩命呢？！"我笑呵呵地对他说："没关系，你不是说我创造了一个奇迹吗？我顺便多创造几个奇迹，也没什么不可以的。全国三亿七千万小朋友们关心我的'气场'，托着我呢！"

从1992年大难不死到现在，二十多年过去了。据唐大夫说，我的确又创造了一个奇迹。他说，像我这样的病人，二十多年下来，不死也得是全休息状态，顶多在家打打太极拳。而现在的我反倒比以前更加精神，自信地蹦跳在主持第一线。是福气？是精神的支撑？我想，可能是一种作为央视节目主持人面对全国三亿多未来小主人的使命感，让我一路走下来。正像毛主席所说的："一万年太久，只争朝夕。"

"拼命三郎"面对下岗

大家说，戏如人生；我说，人生如戏。有时候，生活比戏剧还戏剧化。每个人都在人生的舞台上扮演着各自不同的角色，台前台后，是耶？非耶！

大难不死，出院了！我带着感恩的心情，产生了更强烈的冲动——想再一次执起话筒全速上岗的冲动。

本来台里给我长假让我休整一段时间，但我觉得是组织给了我第二次生命，是电视台领导的鼓励和关怀才使我最终战胜了病魔。既然我的体力已经恢复，就要提前上班。去台里的路上，我想象着回到"家"的情景，百感交集：当我踏进办公室的时候，一定会得到鲜花和掌声，他们会赞扬我这个险些成为革命烈士的人为事业献身的精神，并庆贺我凯旋！然而，这些都只是我的想象……现实，不得不面对的现实是：我下岗了。

仅仅半年多的时间，我的位置已被他人替代，这太出乎我的意料了。原来，《天地之间》的某位编导一直想做主持人，她看中的节目就是大家所熟悉的《乐百氏智慧迷宫》。一开始，这个节目由我主持，后来她问我能不能带着她一起主持，我说："没问题！"再后来，她又要求自己主持单周，我主持双周，月末两个人一起主持，我认为这些都没有问题。然后，我就病倒了。可当我大难不死带着对人生深深的感悟回到台里，请求归队再主持节目时，领导并未表态，也没有给我重新安排其他节目的意思，只是让我在每期由那位编导主持的节目头尾做不超过30秒的串联。

经过了那场突如其来的生死磨难，我的心态平和多了。但我也是血肉之躯啊，难道我连报答党的恩情的权利也没有了吗？我当时的心情，大家是可以想象的。我强迫自己静下心来：我无心争个人的私利，我是在争我这个九死一生的孩子王为全国孩子们服务的权利，因为我太热爱我的工作了！这个岗位是组织给我的，是全国的孩子们赋予我的，不是某个人给的！难道，我这个将死神都打退了的硬汉，就这样莫名其妙地下岗了？！

正巧，此时有一家非常知名的跨国财团托人找到我，有意跟我个人合作，开发中国的少儿市场。他们看中了我"董浩叔叔"的品牌力量，想投资成立董浩叔叔儿童事业发展有限公司。对方表态："我们可以请你当董事长。只要你同意，近亿元投资一步到位！"

我当时用了一周的时间来考量这件事。对于我国少儿市场的开发，我已思考并关注多年了，这在我个人来说是个千载难逢的好机会。而此时，我在单位又遇到了"热脸贴到冷屁股上"这种意想不到的待遇。而且，对于我来说，有这么强大的财团支撑着，我可以做很多自己之前想做而没有财力做到的事。思前想后，我欲罢不能。

可问题是，这个财团是东南亚一个国家的。中国的知识分子其实很悲哀，不知心里守着的最后底线是什么。是尊严？是爱国？是一种难以割舍的情感？我的确知道，像这样的机会以后可能不会再有了，甚至有朋友听到消息后都说："董浩，这就是你大难不死必有后福的'福'啊！别犹豫了！"

但是，按照中央电视台的规定，如果挂上了"董浩叔叔"这个牌子，我就要离开培养我、挽救过我生命的组织。在一段时间内，"董浩叔叔"就没了。怎么没的？难道要告诉小朋友们，这个形象是为了钱没的？对于金钱这种身外之物，守寡多年的妈妈从我小时候就教育我不要刻意去追求。话又说回来，中央电视台的领导对我也不薄：老主任余培侠在我大难当头的时候，毫不犹豫地伸出援助之手，亲自为我找药；台里还让我在高干病区治疗……这些我都感念在心。而且，至今我还记得，每天都有儿童病区的小朋友怀揣水果、鸡蛋趴在窗前鼓励我："董浩叔叔，坚持住！我们需要您！"我也记得，我这个笑对死神的硬汉子，面对他们时泪洒病床。我曾向余主任发过誓，除非中央电视台赶我走，否则我绝不会离开。我与央视是有缘分的，这缘分比我的生命还重要。特别是当我面对全国的少年儿童时，这种情缘是我不能割舍的。我不能在工作上遇到一点儿挫折就逃避，我不能堕落成一个只看重金钱的小人。想清楚这些，我决定：即使自己承受再大的委屈，再艰难，也要守住这个底线！

直到现在，我对当时的决定也从未后悔过。这么多年过去了，那个财团的外籍董事长提起我，还是会佩服地说："董浩先生让我看到了中国职业电视主持人的职业精神！"这段在我生命中挥之不去的小插曲，今天如果没有写出来，是谁也不知道的，包括央视的领导和我最亲近的同行们。

在这里，我还要感谢那位海外知名财团的董事长对我的点拨，也恰恰是从那时起，我更清楚地知道中国的少儿市场是多么重要。我当时就想，不久的将来，如果我们中央电视台有了自己的少儿频道并实行市场化运作后，我们也会把自己本土的品牌光明正大地打出来。到时候，即使一分报酬不给，我也会全力以赴地去参与、去奉献、去拼搏，因为我是中国孩子的"董浩叔叔"，我身后有国家级平台的支撑，我乐得其所。还因为，我不是一个人在奋斗！

生活就是这样，当你失去一些东西的时候，你会得到另外的补偿，只不过方式不同罢了。1993年年初，余主任找到我，对我说：《和爸爸妈妈一起看》是个新创的栏目。言下之意，是让我组织并主持这个节目。他同时还向我交代，我的主要职责是协助即将退休的老林同志。就这样，我离开了自己所钟爱的、险些为之丧命的金牌少儿节目《天地之间》，挑起了新的重担。老林、我、李艾东，我们三个人甩开膀子大干起来。我用毛笔写了八个大字，挂在节目组办公室的墙上："心想事成，事在人为。"

当时，我的身体还很虚弱，但如果不全身心地投入，局面就打不开。怎么办？我的直觉又一次告诉自己：退是没有生路的。于是，"拼命三郎"又披挂上阵了。节目组里就三个人，要把节目做好，只有内部挖掘潜力，潜力就是加班加点、加倍拼命。拼，就得熬夜，但肝病就怕熬夜。怎么办？还是只有一条路——干到底！

我把节目主题作为突破口。《和爸爸妈妈一起看》恰好与我之前运作的《天地之间·董浩叔叔热线》的策划思路不谋而合：以孩子为主，辐射全家、全社会；抓住了孩子，就抓住了节目的要点。同时，这个节目也是沟通孩子和家长关系的心之桥。

《和爸爸妈妈一起看》经费很少，人员也很少，但制作内容都是大手笔的。我找来了老朋友、著名作家苏叔阳和1992年央视"五四"专题节目《青春追踪》的总策划人杨浪等共同策划。我们联合中国优生优育协会的专家力量，先后推出了优生优育优教方面的系列讨论，一些老首长、文化名人等走进演播室，讲述自己的成长故事。我们曾联合国务院研究室和团中央、教育部推出了系列纪录片《读书》，镜头深入到校园乃至孩子们的书包，彭珮云同志欣然接受采访并为此片题字。我们还联合中小城市发展委员会推出了《爱我家乡》系列片，拍摄组足迹遍及全国十几个中小城市，曾经有过一天驱车16个小时从云南大理到开远的经历。我们拍摄系列纪实片《军营里的孩子》时，冒着遭遇台风的危险，随登陆艇进入从未有记者登过岛的大竹岛。为了赶制最新鲜的纪实节目，我们创造了从发现线索到赶至天津拍摄再到最终成片的最短制作周期纪录。我们还曾与地方台合作系列游戏节目《周周开心》，并首次与青少年喜爱的纸媒《中国少年报》互动，等等。从1993年年初我接手这个栏目，到1995年少儿节目彻底改版为《大风车》，我和全组的同事们拼尽全力，使创立之初名不见经传的节目成了全国小朋友和家长喜闻乐见的节目。

忘我地工作，再次创造了奇迹：我的身体在劳累并快乐着的奉献中得到了全方位的康复。直到现在，我还时常怀念在《和爸爸妈妈一起看》节目组工作时的忙碌场景。

肝胆相照，无怨无悔

1992年的那次大难不死的经历，出问题的是肝；过了十多年，即2003年，我再次经历了生与死的考验，这次是胆。再次经历生死考验后，我依然健在，仍然谈笑风生，细细想来，不禁令人慨然。冥冥之中自有天意，吉人天相，上苍佑我。

2003年的春夏之交，北京经过了"非典"的洗礼。在经历了人与自然的鏖战之后，北京的天空重现往日的湛蓝。在"非典"灾情最严重的时候，我和我们台的许多一线主持人一样，从未间断过工作。与平日不同的是，导演及各工种人员都戴着口罩，我们主持人只能素面朝天。

暑假期间，"非典"疫情刚刚缓解。学校开学前，我们准备录制9集有北京郊区学校学生参与的游戏节目《奇思妙想》，拍摄地点选在北京市顺义区的几所小学校。当孩子们听说我要到他们那儿录节目时，都高兴得跳了起来。

在此之前，我时常感到腹痛，时间持续了有半个多月，有时甚至疼得浑身大汗。我当时认为自己是脾胃不和，也没往心里去。终于，有一天我实在忍不住了，而此时正好是去顺义录像的前一天傍晚。

那天，导演林布谷通知我："明天到顺义录像，早上6点在台里集合，免得堵车。"尽管我当时感觉肚子很痛，但想到孩子们正眼巴巴地盼着我们，心里就不再多想，痛痛快快地答应了。

到了晚上，疼得比白天厉害多了，感觉就像尖刀扎在肝上一样。我捂着肚子，站也不是，坐也不是。我开始感觉到不太对劲了。1992年我得急性肝坏死的时候，唐大夫曾嘱咐我说："肝是没有神经的，以后若感到肝部剧痛，可能就是肝硬化或肝癌了，那是肝黏膜的胀痛。"当时，我心里直打鼓，如果真是肝病复发了怎么办？我已经答应了导演，工作怎么完成？

作为一名电视媒体从业者，我时时告诫自己：不能忘记自己的使命感，台里的事再小也是大事，自己的事再大也是小事。这并非冠冕堂皇地唱高调，这是我们央视主持人最起码的职业道德。战士要战死在沙场上，主持人要牺牲在演播台上，这才是最高境界，也是我的心声。我心里想：明天说什么也要去！

到了夜里11点多钟，我疼得实在直不起腰来，一动就是一身大汗。我爱人急了，生拉硬拽地把我送到了协和医院急诊部。

20世纪50年代出生的人，除了热爱本职工作的优点外，还有一项优异品质，就是讲义气。你已经答应了导演，就无论如何也要去。节目组里那么多工作人员等着你，还有可爱的孩子们在期盼着你。所以，当值班大夫问我病情时，我有意把病情说轻了，只是说在前不久吃了半个冰镇西瓜，可能是肠道堵塞，排不出便来，所以引起了腹痛。我是这样想的：如果真是肝出了毛病，也不在乎这一两天。大夫用手按着我的肝部，问疼不疼，我咬紧牙关说："不疼！"他说："那就奇怪了，那就不是肝胆的问题。"

大夫让我去照了肠道X光片，很正常。接着又让我做CT检查，然后再验一下血象。做CT检查时，大夫发现了胆结石，但我坚持说不痛。大夫用满是怀疑的语气说："不许走，等验完血象再说。"此时已是深夜1点多了，验血结果还需要3个小时才能出来。但我早上要早起去顺义，按要求6点到台里，起码5点就要起床；而且，在顺义要待两天一夜，回去后还要整理衣物。想到这些，等了十几分钟后，我不顾爱人的阻拦，悄悄忍痛溜走了。

后来我才知道，主治医生看过我的血象报告后，吓出了一身冷汗。他们想，这个病人坚持不到一夜肯定会给疼回来的。但他们没有想到，我坚持了两天一夜。

第二天早上，我又困又乏，肚子疼得恨不得满地打滚儿。但我心一横，还是夹着行李上了节目组的车。平常我们同行间总是谈笑风生的，但那天在车上，我

一句话也没说。当时，我全身发黄，实际上已经有一个小结石卡在胆管里，上不来也下不去，胆管都被刺破了。但对于这一切，我全然没有意识到。后来，我碰到著名演员梁波罗大哥时，他说他多年前就是因为结石刺破胆管，胆汁影响了胰脏，来了个大开膛，差点儿见了阎王。

在路上，导演问我："是不是很难受？行不行？"我只轻轻地说了一声："没问题。"下车以后，我去了一趟厕所小便。尿出来的尿液和1992年时一样，是深黄且带红色的血尿，挂在池子上根本下不去，就像大柿子被打破了，又浓又稠。直到这时，我才感到了问题的严重性。我心里不禁"咯噔"了一下，心想：这下坏了，别是要永垂不朽了。此时，我仍然在默默告诫自己：在这节骨眼儿上，无论如何也得坚持住。就是死了，也得先把节目录好。就这样，我没跟任何人说，坚持上了台。当时，我有一个非常悲壮的想法，我之前看到一位美国足球明星死在了绿茵场上，觉得这就是职业球员的最高境界。我是职业主持人，如果上苍这样安排，让我牺牲在演播台上，这将是我命运的最好收场。

天真可爱的孩子们见到我后，一下子围了上来："董浩叔叔签字，董浩叔叔照相。"我忍痛拥抱着他们，喜笑颜开地与他们一一合影。我还使出全身力气喊着："孩子们好！我想死你们啦！"

节目开始录制后，我感觉疼得更厉害了，但我仍笑着带领孩子们大喊："奇思妙想，闪亮登场！耶——"胆结石的痛苦，是语言无法形容出来的，也是常人难以忍受的，更何况我还要与孩子们一起游戏，给他们出题。在台上主持了一小会儿，冷汗就浸透了我全身……但孩子们是毫不知情的，我不能让他们失望。

在顺义住的这个晚上，我肚子疼得几乎没有合眼。第二天早上，我吃了两个煮鸡蛋、两大碗粥、两个大馒头。其实，我一点儿胃口也没有，但我要像战士上战场那样，强行给自己补充能量。我知道，新的一天等待我的依旧是孩子、签名、照相……我怎么可以不去？！

清华大学的老教授王正含着眼泪劝我不要录了，摄像科科长李斌也不忍心再录下去。他说我的脸中间是青的，两边是黄的。其实，当时我真是"度分如年"，但还是一分一秒地坚持录完最后一个镜头。

疼啊，钻心地疼！就好像一个大铲车在我的肝上翻江倒海地刨挖。从顺义赶回协和医院的路上，全车人都不说话了，我也实在是说不出话来。一路上，车里

静静的，静得只能感受到车轮在飞快地转动。我在车上给爱人打了个电话，虽然在电话里我一再安慰她，但她还是哭出了声。

车开到王府井大街的转弯处，离协和医院差不多还有两百米的时候，我看到了爱人正站在路边焦急地张望。我突然想起，大家为了我还没顾得上吃饭呢，便对同事们说："别往里拐了，我可以自己走。"看到大家为我难过的样子，我很想给大家讲个笑话，缓和一下气氛，就算死也要给兄弟姐妹们留个光辉点儿的形象。车停下了，大家都焦急地看着我，就连平时最爱开玩笑的人也不出声了。我慢慢向车门走去，走着走着，我突然转过头："哥们儿，姐们儿，这回我要是死了的话，算烈士吗？"居然没人回答我。他们都眼睛湿润地看着我这个"大黄人儿"，我没把大家逗笑。接着，我又说："我这回就两种可能。一种是肝又出问题了，那可就永垂不朽了，咱们就是最后一次握手；还有一种可能，只是胆结石，那就还有第二次握手的机会。"于是，我忍痛和全车人一一握手，然后费劲地做了一个自己感觉轻松优美的动作，跳下了车。当我看到车子开走后，由于疼痛，我竟一屁股坐在了马路牙子上。

我常想，假如那次真的在台上倒下了，我算烈士吗？我不知道答案。我只知道，作为一个男人，"烈士"称号对他意味着什么。我钦佩烈士，尤其是为了国家、为了人民舍生取义的人，他们才是民族的脊梁。这样的人是崇高的，他们在用自己的生命向人们昭示着什么，他们的思想光辉照耀着我们脚下的路。

刚进医院大门，我的手机就响了，是王英主任打来的。他很着急，在电话中说："不管花多少钱，一定要全力抢救你！"听到这些话，泪水在我的眼眶中打转。

我又一次住进了医院。主治医生关大夫和当年的唐大夫一样，严肃地对我吼着："再晚来几个小时你就没命了！你别叫'董浩'了，改名叫'董存瑞'吧！"

经过全力救治，还好，这个小结石自己排出去了，我的小命又保住了。这天下午，我接到了导演林布谷的电话，在电话里，她哭了。我说："没事，没事，我干的就是这行。专业主持人、职业主持人得死在演播台上，那才是我追求的最高境界！"当天晚些时候，布谷买了一个花篮给我送过来。细心的我发现，在花篮的中央是用紫色小花拼成的心形，正是日久见人心。谢谢，我的好同事，我的好搭档。

　　写到这儿，我的鼻子有点儿发酸，手也发酸了。我真是一个想做出点儿什么事的人，想成为英雄的人，但我的生活又是在一天天平凡而有意义地度过着。我真切地希望大家能从以上的故事中多了解我，了解我们央视主持人的真实生活。可能您看到的不只是阳光背后的光环，还会看到更多，更多……

　　这些零碎故事里的我，是一个真正的董浩，一个真实的我。我天天过着常人的生活，也会有常人的烦恼和惆怅。我曾经患过急性肝坏死，穿越过生死线，至今胆囊里还有三颗未取出的小石头，甚至患有严重的左下肢静脉曲张。但我仍然每天乐此不疲，笑呵呵地主持节目，笑呵呵地亲近观众，笑呵呵地面对人生！

故事开讲，喜上眉梢

附　录　缘来是你

董浩：一直在努力

陈　铎
中央电视台节目主持人

十年前，我参加美术界活动时，有人向我介绍，请到了画家董浩。我以为可能是董寿平先生家的公子或是哪位我不熟悉的画家。又一天，收到邀请——董浩在琉璃厂西街办画展，明明白白、清清楚楚是我的同行、中央电视台青少节目中心的主持人董浩！他——画画儿了？！还要办展览啦？！

足球场上，我们央视的播音员、主持人有支足球队，总是同不少球队角逐较量。场上，总能遇到那白白胖胖、个头不高、肌肉不多的董浩，身着运动服积极上场奔跑抢球。他——是个热爱体育运动的人吗？！嗨，至少他是个身体力行热爱体育、喜欢足球的人。总不能因为有他那样体形的人爱足球、还上场，而埋怨"国足"吧？听说董浩还是童子功，小时候在体校，沈祥福还是他师弟呢！董浩常说："看，我胖了，踢不动了，中国足球也上不去了！"

1990年，董浩信心十足地踏进了央视大门，同鞠萍姐姐一起为少年儿童们制播节目，深受孩子们的欢迎。只不过，在节目里鞠萍一直被亲切地称作"姐姐"，而董浩则被称作"叔叔"。胖胖的、风趣幽默的、声音浑厚动听的董浩，既让孩子们喜欢，也让大人们不忘。他就像是邻家大哥，也似同院叔叔。岁月飞逝中，孩子们成长了，他当然也在变老，不过，好像老得并不快。我想，这肯定是因为他和孩子们打交道多的关系，童心未泯嘛。闲在时，董浩手中多了一只烟斗，配上那顶鸭舌帽，不管是着西服还是中式服装，亲切、敦厚、热情总会从他身上溢出，这是抛头露面的电视人的基本素质。

30年前，风靡世界的《米老鼠和唐老鸭》，很让人们期盼啊！本来嘛，老鼠的形象在大众的视觉和心里都不好，更不会可爱到让人喜欢。可在中国荧屏上出现这部动画片时，那米老鼠竟然让大人和小孩都喜欢上了。原因何在？除去米老鼠的具体形象可爱，吸引了人们的视线外，更因为会说中国话的米老鼠的声音、台词格外让人喜爱。这部译制动画片里那美妙动听的米老鼠声音，就是由可爱的董浩配制的，他就是"中国的米老鼠"。那时候，他还参与了许多配音工作。他那极具特色的声音，传进了千家万户，浑厚、风趣、动听的声音形象让人们记住了董浩。

大概是1978年，那时我还在中央广播文工团工作，我和北京人民广播电台的朱安琪导演一起录广播剧。当时，有位声音很棒的年轻人扮演马车夫，要说剧中的台词"嘚儿——驾"。马车夫的这声吆喝，本是最平常不过的市井声音了。记得那时总能遇有送瓜果蔬菜进城的马车，在京郊集市或道路上与自行车、汽车混行，车夫手中的鞭子一甩，"嘚儿——驾""哦——吁——"，是多么清脆响亮、洋溢着生活气息的声音啊。这又不是多复杂的台词，可这位年轻人一遍遍练习了，正式开录后仍是录了一遍又一遍。他那舌头总是不太灵，如果用笨嘴拙舌来形容他并不为过，但他认真执着的工作态度给我留下了非常深刻的印象。

这位小青年就是董浩，我初识的董浩。

日复一日，年复一年，日月如梭，光阴似箭，我迈进"古稀"也有五年啦。回首老友董浩由青年而至现在，回顾他的播音、配音、朗诵与主持的经历，见证了他的变化与成长。可以说，他的进步和提高，他的奉献和成就，他的全面发展，肯定是绝非偶然，而是自然和必然的。

因为他努力，而且很努力。

我所认识的"肥米老鼠"

李 扬
中央电视台原节目主持人、配音演员

　　我和董浩认识三十多年了，他为人活泼，爱开玩笑，对心里的想法也敢直白相告，是个坦诚、开朗、有幽默感的人。

　　最初见董浩是20世纪80年代初，那时我大部分时间都在从事配音工作。有一天，配什么戏我不记得了，导演带来一位谦和的大白胖子，见谁都满脸荡漾着喜兴和热情，一看就是个好打交道的人。但他一张口，那纯正、浑厚的男中音却充满了正气和男人的魅力。我被吸引了。当时，董浩和我在配音圈里都是热门人物。自从配音大师邱岳峰先生去世后，凡是适合他配音的角色（即阴险狡诈、刁钻古怪的角色），导演都会想到音色酷似邱岳峰的替代品——我。所以，很多戏都离不开我，反派角色的主角往往也是我。这样一来，和董浩这个配音行当中充当正面角色或是担任旁白解说的热门人物的接触就越来越多了。为了赶戏，我们一块儿睡过录音棚，一块儿打车回家，一块儿吃盒饭充饥……

　　这期间，我们还参加了中央人民广播电台、北京人民广播电台等单位的许多广播剧的录制工作，董浩还演播了好几部长篇小说。董浩当时关系不在中央电视台，在北京人民广播电台。在我的印象里，我们成为中央电视台的同事，大约是20世纪80年代末90年代初的事。在配音中，董浩除了对分配给他的主角胜任有余外，还热心地帮忙给只有几句话的小角色配音，而这些小角色往往是导演为省钱不愿再专门请人来配音的。有些群众场面，董浩也卖力地混在人群里跟着叫喊，一点儿不惜力，非常认真。有时喊完了，从配音台上下来，他冲我笑着说："这活儿你就不能上，你一出声人家就听出来了。咱哥们儿是百变金刚！"我始终会被他这种敢爱敢恨的直爽和真诚劲儿打动。我和董浩有一个共同性格，就是都痛恨那些满肚子男盗女娼、外表却一脸正经的伪君子。

大概由于我从小和姥姥、姥爷生活，环境简单，长大又当兵、当工人，性格也直，和董浩一样疾恶如仇，所以我们是很聊得来的挚友。

相识的三十多年里，和董浩接触最多的是1986—1991年给《米老鼠和唐老鸭》配音的那段日子。那时我在中央电视台专题部当节目主持人兼编导，主持《为您服务》《祖国各地》《文化生活》等一些小栏目。给"唐老鸭"配音，我算是借调到少儿部。因为不是每天都要配音，所以专题部的活儿还得干。董浩那时还没来中央电视台，但在外边也是忙得不亦乐乎。我们俩除了看原片哈哈大笑，互相提醒有趣的镜头外，还极力欣赏对方所配的精彩片段，有时不管不顾地就竭尽吹捧之能事。我们对当时十分严厉管教自己的导演徐家察和录音师王书斋两位老大姐，常常抱怨，牢骚一大堆。特别是当我们捏着嗓子配了一通，气喘吁吁还没定神儿时，导演或录音师不轻不重地来一句"重配"，那真是火冒三丈。董浩常常比我还沉不住气，说话又不会拐弯，对录音师王书斋他真是不客气了："什么听不清！你听听原声，原声就是这样表达的！""怎么味不足了？你懂什么呀，这个米老鼠是公的，就应该这样说。"让王书斋大姐特别不能容忍的是，董浩还学着她的河北口音说："不行，再来！""还没开机，再重来！"但是，别看他俩总吵嘴架，王书斋大姐还是最喜欢董浩，说他可爱。

令董浩周身发光的一次机会，是1987年的"六一"儿童节晚会。我、董浩和鞠萍是主持人。当时，我和董浩要穿上厚厚的、专门从上海定做的"唐老鸭""米老鼠"的衣服。5月底已经很热了，在演播室里，被那么多的射灯一烤，汗流浃背。这还不算完，还得背词，捏着嗓子装老鼠、装鸭子。条件实在艰苦，但有人能让董浩马上眉开眼笑。当一群群涂着红嘴唇的孩子们抱着他肥胖的身子，簇拥在他身边叫他"董浩叔叔"时，董浩笑得很开心、很放肆，亲亲这个，摸摸那个，好像都是他亲生的一般。

我在香港工作多年，香港回归后我也回到了北京。为再次给唐老鸭配音，我和迪士尼北京办事处的"汉奸"发生要打官司的事情后，董浩坚决站在我这一边，大声地对所有媒体说："'鸭哥'不配，我也不配！"

当我在家看电视，看到董浩搽着红脸蛋、穿着大背带裤和小朋友们又跳又唱时，心里由衷地感叹：这个"大肥老鼠"，天生就是孩子们的好叔叔！

缘于三十年前的相识

徐　俐
中央电视台《中国新闻》主播
第七届中国播音主持"金话筒"奖获得者

　　如果你资深，又有点儿年纪，在央视大楼里你会四处听到叫你"老师"的声音。而他不同，大家都叫他"董浩叔叔"。"董浩叔叔"大不了我几岁，为了叙述的简约，我还是叫他"董浩"好了。

　　我比一般同事认识董浩更早。那是三十多年前，我在长沙人民广播电台做播音员。土生土长的缘故，几年过去，我的普通话还偶尔露出点儿地方味。于是，台里把我送到北京人民广播电台进修。那是我平生第一次出远门，第一次到北京。北京台的同行很热情，教授专业技巧的同时，在生活上也予以关照。他们见我是南方人，吃不惯馒头，就主动把米票（那时北方大米还需定量供应）省给我，好让我在食堂买米饭吃。在那些热情的同行里，有一个面相白净，整天水杯不离手，声带管道一振动就像大贝斯被剧烈拉响似的男播音，他就是董浩。那时的董浩很年轻，在北京人民广播电台已经是业务尖子。他每天捧着水杯乐呵呵的，把专业看得很重，成天勤奋练声，嘴里时刻都是"啊啊哦哦"的。

　　董浩的声音属老天恩赐，浑厚、宽阔、结实而富有金属质感——一个女人听觉里标准的男性好嗓。董浩似乎很喜欢聊天，也健谈，那时他说了什么我已不记得，记得的就是他的嗓子：嗡嗡的，好像在你的耳膜边震响；响亮，但是圆润悦耳极了。这样的嗓子天生是要在人前说话的。

　　我在北京台大约两个多月，时间不长。那时有衡山老师专门带我，董浩是助理教员。印象中董浩也是乐于帮我纠错的，他专业上的勤勉，他那副极有说服力的嗓子，都让我没有理由不信服。尽管我初到北方，人生地不熟，言语谨慎，与人说话很少，但声音浑厚、乐于帮人的董浩，仍给我留下了深刻印象。我觉得他为人热情有趣，年长几岁，面貌和善极了。

　　后来我们在央视共事时，曾数次谈起我俩在北京人民广播电台的短暂相识，这似乎已成了我们同事间很美好的回忆。毕竟是三十多年前啊！董浩总愿意提到我那时一个南方姑娘如何美丽，人群中如何出挑醒目，再一开玩笑就说他当时如何惦记我。我也开玩笑地回应："当时你为什么不说呢？"

　　董浩是好开玩笑的，跟他说话，他多数都是玩笑话。

　　董浩在屏幕上的样子总让人忍俊不禁，胖乎乎的，像某种国宝。记得听他说他不记路，也不开车，很早就被他劝导离职的太太是他的专职司机。他说他家的车里并排放了两个很大的玩具沙皮狗，他也像沙皮狗一样猫在副驾驶座上，傻乎乎，不闻不问，太太开哪儿就是哪儿。经他一描述，再看他的体态，想象他猫在车座上的憨态，听者无不开怀。而我也不记路，看到一个男人跟我一样不开车、不记路，"路痴"起来毫不逊色，心中少不得窃喜。

董浩现在是否还不开车、不记路？男人堆儿里，这样的极品少矣。

快乐、好开玩笑，董浩的温暖色彩似乎与生俱来。我早期做新闻节目特别累，偶尔在过道碰到董浩，他总是说："哎呀，妹妹看着累呀！女人不能太累，女人得养着啊。"他养着他的女人，进而看不得全世界的女人受累，见你就说："别累着，别累着！"话语殷殷切切，由不得你不在意。进而想：在他眼里我到底累成啥样儿了？又少不得仔细照照镜子，因为他的话实在说得诚恳。

作为同事，我们在台里碰面很少，偌大的电视台，各忙各的。我时常看到屏幕上的董浩变换着角色，从"董浩叔叔"摇身变为"董浩大厨"。但是，不管角色如何，镜头前的董浩总是两眼放着光彩，次次活色生香。我们偶有碰面，董浩又少不得嘘寒问暖。而董浩对我说得最多的，仍旧是那句："女人别太累着！"

前些日子，董浩说他要出书，希望我们写写各自印象中的董浩。除了在屏幕上的样子，我对董浩更多的还是三十多年前的感觉。冬日，那间温暖的办公室里，阳光正好，董浩手捧水杯笑着，嘴里是铜管般的声音。也许青春的记忆最为长久，在那个记忆里，董浩快乐、幽默、健谈，有着很好的人缘。如今，董浩依旧快乐，似乎活得更加自在。而唯一的不同是：现在的你，真的胖多了。

是吧，董浩？

董浩就是个雷达表

毕福剑
中央电视台导演、节目主持人
第十四届中国播音主持"金话筒"奖获得者

我在上大学的时候，就知道董浩，那个时候他给"米老鼠"配音，已经很出名了。第一次在央视大楼门前见到他时，很惊喜，名人啊！印象中有两点：一个是董浩的举手投足很豪爽；另一个就是，他比我想象中还要丰满。

董浩主持的少儿节目很精彩，"董浩叔叔"的形象也在小朋友们心目中无比亲切。前几年，董浩有一天说我："参加工作三十多年了，我还只是个'董浩叔叔'，而你一夜间就成'姥爷'了。老毕你行，生长速度真快！"我回答："萝卜虽小，长在背（辈）儿上。这就是命。"

十多年前，我曾突然听到过一个噩耗——亲爱的董浩叔叔与世长辞了。我悲痛欲绝！上午听到的消息，下午在台里我就碰见他了。我以为见到鬼了。董浩一笑置之："有点儿小病，没啥了不起！"这之后，董浩消失了一段时间，治病养病。他大难不死，挺了过来。俗话说：善有善报。我觉得，董浩是个善良的人，因此就逢凶化吉了。后来我再见到董浩时，发现他的性格有了一些变化：有一点儿高兴事，就很满足；痛苦的事情，转眼就忘。他说他参悟人生了。

人生有幸运，就有不幸。死里逃生，董浩是个幸运人。但是在明星足球队里，他就是个"不幸"的人。有一次比赛，董浩上场二十多分钟没碰到球，结果一个球飞过来砸在他头上，把他砸晕了。董浩原地不动想了一分多钟，然后决定下场，但是方向走反了。我冲他大喊："董浩叔叔，下场往那个方向走！"这件事情，董浩还真应了那句俗语："找不到北了。"

下面，我还想说点儿工作上的事情。《星光大道》刚开播时，嘉宾跟选手发生过几次严重的言语冲突，其中一次就有董浩。那次是董浩点评一位选手，批评的话多了一点儿。结果，那位选手本轮恰好被淘汰。那位选手有两名亲友团成员在现场，俩人就直接站起来奔董浩去了，质疑董浩评判不公正。董浩回应说"这名选手明显不够晋级的水平"，据理力争。双方差点儿要动手。由此可见，董浩就是这种率真的人，在关键时刻，实事求是。

董浩还是一位热心的红娘，代表作就是"金龟子"刘纯燕与王宁。有一次，我们出差到青岛，大家发现刘纯燕与王宁两情相悦，于是都想促成好事。而这关键的举动，就是董浩做的。有一天，大家都下楼了，屋里就剩下刘纯燕与王宁在聊天。最后一个离开的是董浩，他把门反锁了。我估计就是从那天开始，那俩人喜结连理了。[1]

董浩是个艺术家，比如他擅长画画儿，擅长配音。他还给许多广告配过音，其中最著名的就是：雷达表，永不磨损！我觉得董浩就像一个雷达表，遵守时间，每次去参加明星足球队比赛，总是提前一个小时到场，做准备活动。尽管他是典型的板凳球员，但这丝毫不影响他的遵时守约。

现如今，董浩已经不是小伙子了，可是仍然精力充沛。他在做事方面，非常敬业；尤其是在对主持专业的追求方面，非常执着。董浩的这种精神，值得我学习。

董浩在我心中，真的就是一块雷达表，为人服务，不知疲倦，永不磨损！

---

[1] 此段在我看来纯属虚构，但"毕姥爷"斩钉截铁。谁让他辈儿大呢，我只好作罢。只能在此说明，并向王宁夫妇鞠躬了。——董浩语

"长我一辈儿"的搭档

鞠 萍

中央电视台少儿节目主持人

第一、二届中国播音主持"金话筒"奖获得者

和"董浩叔叔"已经做了24年的同事了。虽然他只比我大10岁，进中央电视台也比我晚些，可我一直把他当前辈、老师。我喜欢亲昵地叫他"都都"（这个昵称来源于董浩曾经在《校园幽默剧》中饰演我的学生"董都都"）。

都都当过老师，我敬仰老师，因为老师的身上有为人师表的风范。

都都当过播音员，对于我这个幼儿师范毕业生来说，他就是专业。1984年我刚刚进台里时，都都就和李扬、张涵予、刘纯燕等配音大腕在一楼配译制片，指着楼梯上下来的我议论：少儿部来了个"尖果儿"（曲艺行行话，指漂亮的小姑娘）。没想到啊，6年后我们成了同事和黄金搭档。

都都很敬业。敬业到什么程度？因为工作，他得了急性肝坏死，差一点儿为少儿电视事业献出宝贵的生命。他的艺术修养很高，你会在许多文献片和纪录片中欣赏到他不同凡响的解说。他的朗诵，我认为在中央电视台，无人能比。他在学校教过美术，他的字——洒脱如他的性格，他的画——

细腻而色彩分明。我尤其喜欢他画的京剧人物。2013年的"六一"儿童节，"董浩叔叔"送给全组工作人员每人一幅画，小主持人们像过年一样，在微信里炫耀着，会珍藏一生。

都都特别尊重我这个小科长。我给大家发了捐款通知，都都总是第一个回复，捐得最多，他有爱心。服装师给都都做的服装，尽管我们都觉得像变魔术的，但他没有一句怨言，照穿不误，这也是一种尊重、一种大爱。

都都总说："我为两个女人活着——妻子和女儿。"都都的女儿是优秀的设计师；太太可谓是司机、助理兼保姆，但是从不露面，总在电视台门口等着，一等就是几个小时。2013年"六一"儿童节晚会排练期间，他太太住院，我催他去医院看看，都都说："她不让！她不愿意让护士、大夫知道自己是董浩的夫人。"这样的名人不多，这样的名人太太更少，我钦佩，我感动！

还有很多很多……

这就是我眼中的"董浩叔叔"，我亲爱的——都都！

叔叔变同事

刘纯燕（金龟子）
中央电视台少儿节目主持人
第十二届中国播音主持"金话筒"奖获得者

　　我小时候配音，老和董浩在一块儿，那时候还管他叫过"董浩叔叔"呢。现在成同事了，总感觉有一种特殊的感情在其中。

　　董浩主持节目，很憨厚、很幽默，小朋友们很喜欢他。但是，我最佩服的是他那厚重而富有磁性的声音。董浩曾经给迪士尼动画片《米老鼠和唐老鸭》中的米老鼠配过音，惟妙惟肖，在全国少年儿童心中留下了深刻的印象。这么多年来，他一直活跃在少儿节目中，一直保持着一颗快乐的童心。董浩作为男性主持人，为温馨的少儿天地注入了一种阳刚、豁达的气息。董浩叔叔曾说："无论国内外，从事少儿教育的多为女性，她们的细腻、亲切与温柔，给孩子们留下了温馨的记忆。然而，社会不仅仅是靠温馨就可维系的，特别是在中国，独生子女家庭的现状更需要一种刚性的教育与影响，需要一种创造力的培养。我乐此不疲地做这项工作，是想通过我的努力，给孩子们一些男性的影响，给他们一点儿男子汉的心理灌输。"

　　我和董浩一起演幽默剧，一起主持《大风车》节目，配合得非常好。董浩叔叔可算是我工作中最默契的搭档之一了。作为同事，他一直很照顾我，是一种长辈式的照顾，从他的言谈举止中总能感受到几分关心。

　　我怀孕六七个月的时候，有一次录完像，我们一起走出演播室，正赶上清洁工在擦地。地面很湿滑，我差点儿摔了一跤，还是董浩眼疾手快，一把扶住我，嘴里还唠叨着："燕儿，你可别摔着！"话音未落，"哐当"一声，董浩自己重重地摔在了地上，手表摔出去老远。

　　董浩于我，从叔叔变同事，真是人生中的一种缘分啊！

五百年的猴兄弟

孙小梅
中央电视台节目主持人
第十一届中国播音主持"金话筒"奖获得者

"编，编，编花篮，编个花篮上南山，南山开满红牡丹，朵朵花儿开得艳……"浑厚的男中音铺满南阳电视台不大的演播厅，顿时赢得国色牡丹一样的满堂彩！董浩留着时髦的飞机头，在台上唱着南阳民歌《编花篮》，胖胖的腿踏着节拍跳了起来，那么快乐，那么无拘无束，全场观众一起为他打起了节拍。但谁也想不到，他此时是刚刚坐了一宿的火车。

这是1991年元旦的夜晚，也是我和"米老鼠"董浩的第一次合作。

一踏上这片土地，南阳人的热情便让我们有些喘不过气来。当天下了火车，我们饭也顾不上吃就直接进入演播厅，工作永远是第一位的啊！董浩是我大学老师的朋友，也是同行中我的长辈。不过，他更像一个和善的大哥，他都笑呵呵地说不饿了，我就更没意见了。

演出之后，热情的南阳人招待我们去吃夜宵，也算是新年的第一顿饭。由于直播前没有吃晚饭，我饿极了，只顾低头吃而忘记了应酬。这时，仗义的董浩与主人频频举杯，还替我喝酒挡驾。白酒空了一瓶，主人又开一瓶，我用胳膊肘捅了捅董浩，小声说："别喝太多了，到此为止吧。"可热情好客的南阳人怎么放得过他！董浩笑着说道："入乡随俗吧。你放心，我一定会把他们全喝趴下的。"

新年酒一直喝到凌晨三点多，劝董浩酒的和与他"叫板"喝酒的都被抬走了，正如他所说的"全喝趴下了"。董浩笑着，英雄似的向我示意，我却暗自担心：喝坏了怎么办呢？由于第二天我们要离开南阳去少林寺，我担心董浩喝了那么多酒，会不会顶不住。我问他："要不就取消少林寺之行吧？"董浩却搬出许多诸如自己能喝酒、身体好等理由来，让我放心。

我说："那好吧，你多睡会儿，咱们明天晚点儿出发。"他说："好的，我会一觉睡到中午。"

早晨7点钟，我就被热情的南阳人敲门叫醒吃早饭，无奈之下只好挣扎着起来去了餐厅。想着今天自己去应酬早饭，让他们别叫董浩，好让他多睡会儿。谁知道我还没来得及说，就见董浩一脸苦笑地走了进来，坐到了我的对面。

我问他："怎么不睡觉了？才睡了不到三个小时。"董浩痛苦地描述了刚刚发生的事情。原来，热情的主人坚持要他起床吃饭，六点半就恭敬地站在门口叩响了他的房门。

董浩问："谁啊？"

门外传来带有浓重河南腔的恭敬的声音："董'捞屎'（老师），请您吃'造反'（早饭）。"

"我不吃了。"董浩答道，随即又倒头睡去。

门外的人继续热情地说道："董老师，饭还是要吃的，您就起来吃吧。"

"我要睡觉。谢谢了，我不吃。"董浩礼貌地回应，翻转了个身。

门外的人犹豫了一下，继续劝道："董老师，您就吃点儿吧。我们在门口等您。"

"不吃！"董浩使足力气喊了一句，然后拿枕头把双耳捂上，他实在是困得睁不开眼睛了。

门外安静下来，没人敲门了。董浩松了口气，翻个身，迷迷糊糊地渐入梦乡。

不知过了多久，敲门声又响了："董老师，我们还是等着您吧。"声音仍然虔诚，苦口婆心。

董浩只得掀被坐起……

既然早起了，我们便早点儿出发，驱车赶往少林寺，去到那因电影《少林寺》而名扬中外的嵩山古刹。

到达少林寺门外，已近黄昏。古树参天，香烟缭绕中的少林寺院门紧闭。怎么办？千里迢迢好不容易来此，怎么也得给佛祖上炷香呀。

院门边有位小师傅在用竹笤帚扫地，"唰唰"声中片片落叶集中到一起，露出洁净的地面。

"哎呀，关门了！"我着急地说，直懊恼我们辛辛苦苦的旅途眼看就白费了。

"没事儿，放心吧！我们都是这么好的人，佛祖会开门的。"董浩拍拍我的肩膀，笑眯眯地安慰我。

"阿弥陀佛！"董浩和我上前，双手合十对小师傅说道，"我们远道慕名而来，谁知天色已晚，院门已关。不知能否行个方便，烦劳把院门打开，让我们进去上一炷香？"

小师傅停止扫地，抬起头，大概见我们俩都慈眉善目的缘故吧，便微笑道："我帮你们问问。"转身进了寺院。

不知是不是我们一片诚心打动了佛祖，寺里师傅同意为我们重开院门。

黄昏中的少林寺，又燃起了香火。我和董浩各自拜佛许愿，香烟缭绕中，佛教圣地的庄严圣洁让我怎么也想象不出，当年电影《少林寺》中的和尚们在这里怎么会那么调皮不羁。

烧完香，我们来到著名的塔林。突然，大家想起了电影中少林和尚们打的猴拳。董浩抡圆了胳膊，我也开始摆起架势。我和同样属猴的董浩，也想在少林寺过过"猴拳瘾"。我大喊："董老师，接招，我们还等着您呢！"董浩大叫："来也！"我们两人的童心举动，惹得同去的伙伴们哈哈大笑。

天色越来越暗，温度也越来越低，大家都感到有些寒冷，我们便在少林寺前蹦台阶暖身。这个瞬间被记录下来，董浩认真的表情和我脸上开心的笑容映衬着少林寺黄昏的美景……

相信属相这一说的人都知道，猴和老鼠是最佳搭配。董浩的快乐和灵活的天性大概就来源于他的"猴属相"。这只"猴"最爱米老鼠，米老鼠也不能没有他。在中国，董浩的名字和米老鼠早已紧紧地连在一起。朋友们都说他就是一只胖胖的"米老鼠"，不仅因为他是风靡全世界的卡通片《米老鼠和唐老鸭》中米老鼠的中文配音者，而且因为他有和米老鼠一样的憨厚、友善本性。

第一次和董浩认识是在电梯里。那时我大学毕业不久，刚参加工作。人群中的董浩叫我的名字，问我是不是有个表姐叫"孙大梅"。我"扑哧"一下乐了，大家全笑了。后来我们熟了，他说自己原来是个教书先生。我笑说："不像，因为不大为人师表。"

有一天，我发现一向笑呵呵的董浩看上去有些沮丧。追问之下才知道，他太太钟爱的小狗去世了。话音未落泪先流，董浩就像个伤心的大男孩，我们一时不知该怎么劝他。见我们都为他着急，董浩赶快抹抹眼泪，强笑说："换个话题吧。"可一扭头，他又是一副想哭的样子："小梅，我真的很难过，怎么办？"

总而言之，董浩开心的时候还是多，占百分之九十九点九，而且这高兴劲儿很快会感染别人。就连他给孩子们签名时一同画上的米老鼠像，也是一脸灿烂。仔细看，一笔勾成的墨迹里汇总了所有的美好，蓝天白云之下直通你的心窝，让你忍不住从心里笑。

话说董浩

曾 媛（花姐姐）
中央电视台少儿节目主持人

说起董浩，屏幕上的他总是仪表堂堂；殊不知，生活中的他幽默滑稽、笑料百出。

和董浩共事是一件非常愉快的事情，因为他很有本事，只要他在，就笑声不断。董浩总能在大家提不起精神的时候说上那么几句，疲劳马上就会烟消云散。另外，他做人透明、阳光灿烂，如果有烦心的事，跟他一唠叨，一会儿就会亮亮堂堂的。

说起董浩，屏幕上的他总是滔滔不绝、满腹经纶；殊不知，生活中的他像孩子一样天真无邪、魅力四射。

在录像时，我们总是把他看成"活字典"。有什么疑难的字、发不准的音，都问他，每次他都能回答得准确无误；遇到什么弄不懂的事，一问他，他就会海阔天空地大侃一顿，还都挺对。不过，别看他有"上知天文、下知地理"的学者风范，其实呀，他有时更像是一个顽皮的孩子，经常搞些善意的恶作剧。最典型的，组里好多人的绰号都是他"发明"的。

说起董浩，屏幕上的他活泼可爱、笑容可掬；殊不知，他也会横眉冷对。

董浩对小朋友总是十分友善。录像时也好，生活中也罢，遇到小朋友请他签名、照相，董浩总不厌其烦、有求必应，可以说是一位极具亲和力的好叔叔。可有时，他生气起来也够吓人的。本来慈善的笑眼睛，顿时瞪得像铜铃，让人下不来台。还好，他轻易是不生气的。董浩做人就是这样坦坦荡荡、爱憎分明，他有什么事都愿意摆在明面儿上说道说道，很直率，不遮掩。

说起董浩，屏幕上的他主持潇洒，米老鼠的配音让人叫绝；殊不知，生活中的他，琴棋书画样样精通，还举办过画展，出过画册呢。

节目主持上无须我多言，大家在屏幕上已经领略了他的风采。可你知道吗，他的其他绝活也都不得了。比如：他大笔一挥，一个活生生的米老鼠就跃然纸上了，妙趣横生；转眼又一笔下来，一个大大的"龙"字就映入眼帘……这还不算，他在油画、国画、书法、钢琴、足球等方面，功底都非同一般。

白白胖胖的董浩叔叔着实叫小朋友们喜爱，可胖胖的身体也给董浩叔叔带来了不少麻烦。比如，我们一同去吃好吃的，他总是瞻前顾后、犹犹豫豫，可最后还是经不住美食的诱惑，一吃了之。

在足球场上，我也曾见过董浩叔叔矫健的身姿，颠球、传球、射门样样少不了他。胖胖的他，在热身时还挺潇洒，可正式比赛一开始，他就要休息了，因为他已筋疲力尽。

这就是我眼中的董浩，既博学多才，又幽默真诚——一个胖嘟嘟的乐天派。

性情做人，纯粹做事

王　淏（月亮姐姐）
中央电视台少儿节目主持人

说起董浩叔叔，觉得他总是圆乎乎、乐呵呵的。至于为什么，或许没有比"心宽体胖"更好的解释了。

董浩叔叔喜欢作画。每每欣赏他的画作，我总能想起一个词——画如其人。如此的洒脱，如此的有创意，如此的有滋味。一次，观摩他画的京剧小人儿，活灵活现、栩栩如生。当目光聚集到这些小人儿身上的时候，你甚至觉得这些小人儿马上就要从纸张上一跃而下，开始给你"唱念做打"。董浩的画是活的，正如他本人一样。看他的画，正如读他的人。

董浩叔叔是个性情中人。他心直口快、坦率真诚。不了解他的人都觉得他是个暴脾气，可是了解他的朋友都会特别喜爱他。看到不好的事情，董浩总能"路见不平，拔刀相助"，挺身而出，当面制止。毫不夸张地说，董浩火暴脾气的背后，其实是一颗比谁都善良的心。也正是由于他的真性情，董浩叔叔总能为朋友两肋插刀。2009年，当我做"爱心音乐童话剧"这个慈善项目的时候，他义务参加演出，随叫随到，从不抱怨。董浩那么忙，却能够如此支持我、支持这部童话剧，这让身为晚辈的我感到无比温暖。在内心深处，我一直充满着对董浩叔叔的感谢之情。

董浩叔叔就是这样一位才华横溢的前辈，让我崇拜和感激。而不论在工作中还是在生活中，董浩更是一个快乐的传播者。他醉心于为大家制造快乐，走到哪里就会把快乐带到哪里。和他在一起，你感受到最多的，便是最真实、最纯粹、最透明的快乐。

在董浩叔叔出书之际，我写下这些。不敢说是撰文，而是写几句祝福的话，在此送给他。祝愿他能够一直保持他的真性情，亦祝愿他能够画出更多惟妙惟肖的画作。最后，祝他能够将快乐进行到底，永远做一个传播快乐的使者，把快乐的种子播撒进每个人的心里。

后记

　　揉着写得发麻的手腕，脑海里只有四个字：不吐不快！仿佛是在和一屋子的"80后""90后"谈心，语速很快；又好像是一次老友久违的重逢。回望时，很温暖；但谈到当下五光十色的现状时，又有些头皮发紧："他们不会误读我是老教条、唱高调吧？"但很快的，这种感觉就被我对他们的信任所代替。这种情感，就像是我对自己孩子的情感！

　　我们这行，越来越热闹，这不是坏事。百花齐放总比万马齐喑好得多。人类资讯的发达以及东西方文化的融合，这些无疑是社会的进步。但我们的从业人员，特别是年轻人，除了要有坚守我们大中华文化版图的使命感和责任感外，还要在工作中时时戒骄戒躁、戒傲戒贪。在工作中，坚守住我们的精神家园和职业操守，坚守住我们良知的底线，在发展共同事业的同时，也使我们自己逐渐成熟、成长起来。还是那句老话："人间正道是沧桑！"

　　也许是老了，也许是太爱我们这一行了，老是唠唠叨叨，千叮咛万嘱咐的意思。不管怎么说，还是写了不少话，留给年轻的我的孩子们。这也算是对当年我还是孩子的时候，用自己的全部热情和生命教授过和影响过我的齐越先生、董行佶先生、孙敬修先生、张颂先生、夏青先生、毕克先生、孙道临先生等那些已故的我国著名语言艺术大师们的一个交代和一份由衷的思念。

写到这里，我泪流满面！

人生短暂，一晃我都快六十岁了。我现在似乎理解了老师们当年在"文革"中耽误了十年时光后，为什么那样不顾一切地、夜以继日地实践着了。我认为，我们播音主持艺术理论的创建和发展，只能说刚刚起步，而且研究大大滞后于实践。一线的忙碌代替了探索，而探索的缺失又造成了一线实践中的六神无主的"乱象"。现在，已经到了非常时期！因此，我是真心地抛砖引玉，恳请所有同行在重视自己个人财运名利发展的同时，挤出一点儿时间，抢救一下我们的播音主持艺术理论建设。这应该是功在千秋的大善之举。哪怕是把我这块破砖当成靶子，"向我开炮"也好啊！

总之，写完了，不吐不快。通篇没有一句假话和老谋深算，没有一句虚头巴脑，一切都是心到笔到。这也就难免有毛刺儿，扎着谁，别介意。因为，这本书没有一点儿歪心眼，有的都是正能量！